王都ワンオペゴーレムマスター まさかの追放!?

outo
wanope golem master
masakano tsuihou!?

～自由の身になったので
弟子の美人勇者たちと一緒に
最強ゴーレム作ります。
戻ってこいと言われても
もう知らん!～

レルクス

ill. 布施龍太

TOブックス

第一章 ディアマンテ王国からの旅立ち

イラスト：布施龍太　デザイン：木村デザイン・ラボ

第一章
ディアマンテ王国からの旅立ち

第一話　主義に善悪はないが無知は不幸を呼ぶ。だからこそ、不当な解雇が起こる

『有事の際』となれば、ありとあらゆる『規制』を世界が緩める。緩めさせる。

『絶世の美女』が『魔王』を名乗り、この世で最も大きな独占欲を発揮して世界を手中に収めようとしているという状態は、そのわかりやすい『有事の際』だ。

魔王は『魅了大権現』というスキルを持ち、その性能は端的に言えば『絶対的な男性支配』である。

人や竜、オークや悪魔は疎《おろ》か、魔剣やマジックアイテムだろうと『男性型の意思』があるものであれば完全に支配することができ、魔王の命令は絶対となる。

その上、魔王が死んだ後でさえ、支配が解けることはない。

絶対的な崇拝を体現するがゆえに、支配された男は文字通りの全身全霊をもってその命令をこなす。恋は盲目、という言葉を超えたそれが、支配された男たちを逃がすことはない。

一切の躊躇《ちゅうちょ》も休憩もなく、魔王の姿を見ただけで、すべての男性は支配され、虜になり、絶対的な崇拝を誓うのだ。

そしてそんな存在がこの世で一番の『独占欲』を持っているとなれば、当然、進撃が止まることはない。男たちも休む必要がないゆえに、止まることはない。

そんな、『有事の際』だ。

これがもたらした被害は大きい。

魔王の出現は十五年前。それからたった一か月で、当時最大規模、人口五千万人の国が滅んだ。

そこからも、人口一千万人を超える大国がいくつも滅ぼされる事態に発展した。

とある女性の生き残りによって『魔王のスキル』の情報が知れ渡ってからも、その被害が衰えることはなかった。

絶対的な魅了による男性支配。その条件も効力も、正確な情報が行き渡るのにはかなりの時間が必要であり、その間に、いくつもの『愚かな計画』が立ち上がっては大損害を生み出して歴史の中で揉み消されたのである。

そんな『圧倒的』で『誰も止められない力』を前に、世界は、多くの『特例』が必要になった。

例えば、『宮廷につかえる者は、貴族かその縁故採用でなければならない』と規制を設けた国があったとして。

そんな国であっても、『有事の際』の場合、人は圧倒的に足らなくなる。

特に識字率が低い場合はなおさらで、国家が機能不全に陥ってしまう。

そんなときに、貴族とその縁故しか採用しないなどというのは悪循環を生むだけの話であり、規制を緩和せよと『国際社会』が求めることとなる。

識字率が低い国であろうと、ゼロではないのだから、文字の読み書きをこなせるものはいる。

そういったものは宮廷に雇用され、有事の際ゆえに国庫に余裕はなく、薄給で働かされた。

そんな状態が世界で発生し、十五年。

魔王が討伐されたら、その『規制』をどうするのか。

いや、その規制を緩めさせる『特例』をどう扱うのか。

考えるまでもないことは、人の歴史が証明している。

★★★

「お前らは全員クビだ！」

広間に集められたのは、およそ五百人。

壇上では、太った男が煌びやかな服をまとって、喚き散らしている。

「貴様ら平民に、本来は城で働く権利などない！　最も古くから存在する由緒正しき王国の宮廷には、選ばれた貴族と、貴族が選出する優れた人間が勤めるべきなのだ！」

選民思想に取りつかれたそのセリフは、とても慣れたもの。

「魔王が出現し、『平民を雇用することを妨げてはならない』などと世界会議がほざいていたから置いていただけだ。その魔王が討伐された今、ここに貴様らが立つ資格はない！　さっさと出ていけ！」

喚く男、公爵家の当主である『ザイーテ・ルギスソク』が全員の解雇《クビ》を宣言した。

……そんな中、一人の青年が人間たちの一番前に出てくる。

黒髪黒目で、百八十センチと高身長……だが、それ以外には特に何の変哲もない風貌だ。

「質問です。あの、引継ぎはどうするのでしょうか」

「公爵家の当主である私に逆らうのか！」

「いえ、出ていけというのであれば出ていきますが、引継ぎがなければ困るはずで……」

「これだから平民は。いいかね？　そのような低レベルな話はどうでもいいのだよ。優れた血統には優れた能力が備わる。君ら平民が維持できる程度のことだ。貴族である我々にモノを教えるなど、言語道断！」

「……わかりました。引継ぎは不要……ですね」

「フンッ！　まあ、世界会議のほうから、『解雇する場合に私物に干渉してはならない』と言われているからな。私物をまとめて、さっさと出ていけ！」

「引継ぎは不要。私物をまとめて出ていく……わかりました」

青年は頭を下げた。

「お世話になりました。失礼します」

「フンッ！　では、私は忙しいのでね。これで失礼する」

そう言って、ザイーテは広間から出ていった。

平民など顔も見たくない、ということなのだろう。一度も振り向くことはなかった。

「……人に指示を出すだけですべてが解決すると思っている人間に、引継ぎの重要性はわからないか」

青年はザイーテが出ていった扉を見てため息をつくと、指をパチンと鳴らす。

次の瞬間、五百人近い群衆の体が、一瞬で『鉄の塊』に変わった。

そのまま『鉄の塊』と『衣服』の二つに分かれて……。

「アイテムボックス」

一辺三センチの立方体を上着の裏から取り出すと、それは起動する。

すると、空間に渦が出現。鉄の塊と衣服のすべてを吸収し、どこかへと送っていく。

明らかに物理現象を超越する概念だが、青年の顔は平然としている。

……数秒後、そこには何もない。

あれほどいた人間は、一人の青年を残してすべて消えた。

「まあ、いいか。ゴーレム運用の実験もすべて終わったし、世界会議が決めた国際法の、『王族所有のアイテムの使用権』の特例も消えるから、アンテナが使えないし」

ドアに向かいながら、青年はため息をつく。

「さすがに操作可能距離が自分の体から半径三メートルっていうのは短すぎたか。いやでも、射程を犠牲にして処理速度を上げるっていう方法をとったのは間違いないはずだし……まあ、この先困ったら、その時に考えればいいか」

青年はそう言って廊下を歩く。

近くのごみ箱に向かうと、上着から一枚のカードを取り出す。

そこには城で勤務する職員であることと、『ホーラス』という名前が記載されている。

遠慮なくカードをビリビリに破くと、ゴミ箱の中に捨てた。

（ゴーレムに使う最高の素材でも求めますか。国の中心地に、特別な石が集まる『カオストーン竜石

国』に向かおう）

ホーラスはそう言って、『ディアマンテ王国』を出て、『カオストン竜石国』に向かい始めた。

第二話　特例の消える世界

「ザイーテ。気分がよさそうだな」

「ええ、陛下。先ほど、煩わしいものを排除したので」

「そうか。これから緊急の世界会議で勇者に会う。眉間にしわが寄っていては印象が悪いからな」

気分がよさそうなザイーテ・ルギスソク。

太った体を揺らし、気分がよさそう……というより、悪いことを考えているような表情だが、それを国王は追及しなかった。

バルゼイル・ディアマンテ。

ディアマンテ王国の国王であり、彼が突いている杖には、奇麗にカットされたダイヤモンドがきらめいている。

勇者が魔王を討伐した後の世界情勢において『最大』を誇る国家の頂点であり……こちらも肥満体形だ。

彼らの傍には鎧と剣を装備した近衛兵が控えており、じっと待機している。

「さて、そろそろか」

「ええ。転移マジックアイテムを使うとのこと。それで世界会議の場に集まるはず」

「うむ。使用コストもなかなかだが……世界会議という組織のみで保管され、重要な場面でしか使用されないというのも宝の持ち腐れだろう。一度、ディアマンテ王国で所有することを検討する必要があると思わないか？」

「私もそう思います。陛下。確かに使用コストは高い。しかし、最大の国家であるディアマンテ王国であれば、その高いコストも気にならず、転移の力は経済に強い影響を持ちます。我々が所有することは正しいかと」

どこか下劣な笑みを浮かべているふたりだが、あらかじめ用意されていた『転移陣』が輝いたことで、その笑みを控えた。

……数秒後、彼らは転移し、ディアマンテ王国に用意された世界会議の控室に転移する。

「ふむ、転移か。なかなか慣れんな」

「これからは使用頻度も高くなるでしょうし、そのうち慣れるでしょう」

「それもそうか。さてと……私たちは最後に転移することになっているからな。いつまでも待たせてはいかん」

「確かに、それでは向かいましょう」

バルゼイルはザイーテを連れて、部屋を出る。

近衛兵が先導する形で、謁見の間に向かった。

部屋の扉に近づくと、扉を守っている騎士がうなずき、扉を開ける。

「諸君、待たせたな」

バルゼイルは笑みを浮かべて、謁見の間に入る。

この部屋は、弧を描くように椅子が配置され、上座から国力の強い国の王が座ることになっている。

七つある席の中で、バルゼイルは中央の椅子に座った。

「お待たせしました。これより、勇者様をお招きします」

司会が告げて、式が始まる。

★★★

世界が変わった。

空気が変わった。

明らかに別格の存在が現れたとき、そのような感覚を人に与える場合がある。

だが、世界会議という、圧倒的な地位が集まるこの場所で、それを為しえる者は多くない。

しかし、部屋に入ってきたのは、紛れもなく空気を変える少女だ。

名はランジェア。

平民出身なので姓はない。

抜群の光沢を放つ銀髪を腰まで伸ばし、胸と尻は大きく、腰はくびれており、女性らしい魅力に満ち溢れている。

青いドレスに身を包んでおり、現実感すら超越した、まさに芸術品だ。

何より、特筆すべきはその美貌。

幼さ……まだ十七歳であることを考えると当然ではあるが、そこに美しさと強さを合わせたような、絶妙で黄金比の美貌を持つ。

可愛らしいか美人かで言えば可愛らしい。しかし、圧倒的な存在感を発揮する。

そんな少女が入ってきたことで、空気が変わった。

式は始まり、進行表の通りに進んでいく。

魔王がもたらした甚大な被害と、その中で、魔王を打倒した勇者であるランジェアの功績が述べられ……。

七つ用意された『常任理事国』の中で、最大の国家であるディアマンテ王国の国王バルゼイルが告げた。

「勇者コミュニティ、ラスター・レポートのリーダー。勇者ランジェアよ。世界を救った功績により、報酬を与えよう。好きなものを望むがいい」

ここまで、滞りなく進んできた式。

しかし、ランジェアが望む報酬に関しては、『その場で本人が述べる』という形式になっている。

というより、魔王討伐という偉業を成し遂げたわけで、単にこちらが与えるというだけでは過小評価していると言われるため、勇者が望むものを聞き入れることで器を示すのだ。

「では、一つだけ」

静かな、しかしよく通る声で、ランジェアは述べる。

「ラスター・レポートの中で、私を含めた幹部六人を鍛え上げ、魔王討伐の道を作った男。ホーラス師匠に対し、『多国籍一夫多妻の特権』を望みます」

ランジェアの言葉を、全員が理解するのに時間がかかった。

言っていることはわかる。しかし、それを望む理由が全くわからない。

そんな中でバルゼイルは、最初に意識を取り戻したかのように、ランジェアに問う。

「その、ホーラスというのは、どういう男なのだ？」

「師匠は平民出身ではありますが、私が知る限り、世界最大のゴーレムマスターです。一週間前に手紙を受け取った時には、ディアマンテ王国の王城に勤務していると書かれていました」

その言葉にバルゼイルは喜色を浮かべ……その後ろで、用意されていた椅子に座っていたザイーテがガタッと揺れた。

「どうしたザイーテ。我が城にそれほどの男がいると聞いて、驚愕を隠せないか？」

笑みを浮かべているバルゼイルに対して、ザイーテは顔面が真っ青である。

ただ、バルゼイルの笑みも当然だろう。

勇者コミュニティ……それは、元は冒険者コミュニティだが、リーダーであるランジェアが勇者の称号を得たことで、そう呼ばれることになった。

登録上はあくまでも『冒険者』であり、それは本部に記載されているのは間違いない。

勇者という称号を贈ったのは、彼ら『世界会議』の面々であり、そこに冒険者協会の介入はないからだ。

魔王を、一つの組織だけで討伐するという、まさに圧倒的な力。これを独占したいと考えないものは、権力者にいないだろう。

ラスター・レポート、その中でも幹部は、全員が見目麗しく圧倒的な才覚を有するという。

他国には絶対に渡したくない。しかし困ったことに、全員の出身国が違う。中には、すでに魔王によって滅ぼされた国で生まれたものもいるゆえに、『国家』に属するのではなく、『組織』に属しているという価値観を持っている。

自国の王子との婚約をチラつかせても首を縦に振る保証はない。

しかし、そのホーラスに多国籍の一夫多妻を認めたうえで要職につけることで、間接的にその力を存分に使うことができる。

あとは謀略でホーラスを陥れれば、勇者の力が丸ごと手に入る。

所詮は二十も生きていない小娘であり、上手く嵌めることができれば、あの女性の魅力にあふれた体を堪能することも。

そんな想像が進んだバルゼイルが喜色を浮かべるのも無理はない。

それほど、『ホーラスという男が城で働いている』という条件は、圧倒的。

いわば、誰もが望む『力』を発揮するに値する。

ザイーテにとっては青天の霹靂《へきれき》。

ランジェアが述べた短い説明。

平民出身、城に勤めている。

そう……彼は先ほど、『城で働く平民の職員を全員クビにしたばかり』なのだ。

これで顔が青くならなければ心臓がどうかしている。

心臓が普通のザイーテは、顔が真っ青になっている。

そして……圧倒的な視野や直感が求められる勇者であるランジェアが、その青くなった顔に気が付かぬはずはない。

「その表情。解雇しましたね。私たちの師匠を」

「い、いや、それはっ⁉」

口に出さなければバレないと思っているのは、甘すぎる証拠。

もともと表情が乏しいランジェアだが、凍てつくかのような視線をザイーテに向けている。

「な、ざ、ザイーテ。勇者の師匠をクビにしただと⁉」

「し、知らなかったのです！　もしもそれを知っていれば――」

「師匠が秘密主義なのは昔からです。私も、ディアマンテ王国の宮廷に勤めているのは手紙で初めて知りました」

そして、と続ける。

「魔王の影響で、世界会議は『平民であろうと要職に採用せよ』と特例措置を講じました。そうした中で、多くの国が『平民を抱えることで、魔王の侵略に対抗できるほどの国力を得られる』という価値観を手にしましたが、ディアマンテ王国ではそのようなことはなかったのですね。平民だからと、まとめて解雇されたのでしょう」

ある意味、ランジェアは全て言い当てたに等しい。

「魔王の侵略の影響で、多くの民が移動を、避難を余儀なくされました。その結果、大量の民がディアマンテ王国に集まっています。これが『最大の国家』という称号の中身です。何故抱えることができたのか、それは、師匠がゴーレムマスターの力で、『職員』を作り上げていたからでしょう」

「なんだと……」

「人間の十倍以上の仕事量が可能な『人間そっくりのゴーレム』を、師匠は一度に五百体以上動かすことが可能です。それほど、師匠の力は絶大です」

ランジェアはため息をついた。

「もう全貌は見えました。行き先を考えれば、一夫多妻の特権は不要ですが……確か、あの場所を使うのには市民権が必要ですね」

ランジェアは、弧を描く七つの椅子に座っていない……そう、常任理事国ですらない場所に設けられた椅子に目を向ける。

そこに座っているのは、まだ十四歳だが、金髪碧眼の美少女。

王が集まる中で、その王がこの場に来られないゆえに、ビクビクしながらもこの場に座っている、一人の少女に。

「確か陛下は病気で療養しているとか？　その代わりに全権代理で来たのでしょうね。リッシア王女殿下」

「え、あ、あの……」

「貴女から、ホーラス師匠とラスター・レポートメンバー全員に対し、『カオストン竜石国』の国籍と、希少な鉱石が集まる『レアストーン・マーケット』を利用するため、『宝都ラピス』の市民権を頂きたい」

ランジェアはそう言うとリュシアから目を離して、七人の常任理事国の王たちに視線を向ける。

「さて、結論ですが、カオストン竜石国は男性が少なく、所得に比例した一夫多妻が認められているため、先ほどの『多国籍一夫多妻の特権』は撤回しましょう。師匠と我々に対し、カオストン竜石国の国籍と、宝都ラピスの市民権。これを、魔王討伐の報酬として望みます」

述べられたランジェアからの要求。

これを肯定しない場合、魔王討伐を軽んじる行為として社会的に終わる。

だが、これを肯定した場合、『勇者が小国の国民になることを望んだ』として、様々なやっかみがあるだろう。

そして、勇者本人を責めることはできない。

にらみつける先は、勇者ではなく、その王女に……だが、それは叶わない。

『調子に乗るなよ』

一言。

ランジェアの口からこぼれた一言が、王の傲慢を叩き潰す。

リュシアを睨もうとしていた参加者は、一瞬で、塗りつぶされた。

「ゆ、勇者ランジェア。いったい、何を……」

バルゼイルもまた顔面蒼白で、ランジェアに恐怖の視線を向けた。

「厚かましいことをしているので止めさせたに過ぎません。『私が望む』ということがどういうことなのか。まだわかっていない様子でしたし、体感させるのが手っ取り早いというだけのこと」

世界会議という、権力者たちを前にしても、一歩も引かない姿勢。

まあ、それも当然か。

全員が平民出身で、軍とも呼べぬほどの人数で、世界を絶望させる力を持った魔王を攻略する。

そんな存在が、怯むはずがない。

権力を前に、心の中で膝をつくはずがない。

結局のところ、王であろうとただの人間でしかなく、『王権』というのは、これが権力を持つことに対し疑問を持たないことが正しいと、そう無意識に植え付けているだけ。

要するに、その『植え付け』がない勇者コミュニティは、王権を恐怖しない。

「小国に身を置くのが納得できませんか？　ええ、納得できないでしょう。しかし、私は秘密主義の師匠の話をしてまで、あなたたちに『理解』させました。理解はできるが納得できない。そんな理由で私を手にしたいというのなら、我々を超えてからにしていただきたい」

ランジェアが『多国籍一夫多妻』を望んだ時点で、少なくともランジェア自身は、ホーラスと結婚し、共にありたいと望んでいると誰もがわかりきっている。

そのホーラスがゴーレムマスターであり、そしてこのカテゴリの人間は『希少な鉱石』を求めることから、カオストン竜石国に行きたいというのもわかる。

そう。この時点で、ランジェアが持つ理屈を全員が理解している。

だが、それでも、世界を救った勇者だ。

王たちは、その力を取り込み、世界の覇権を妄想しているのだ。

だからこそ、小国に身を置くことを、許容できない。

いや、単に身を置くだけならまだよかったかもしれない。

しかし、彼女たちが望むのは『国籍』であり『市民権』だ。

これを言い換えれば、カオストン竜石国の『国軍』に入る口実になりえる。

それだけは避けなければならない。

「ま、待ってほしい！　要するに、希少な鉱石が手に入ること。これを望んでいるのだろう。我がディアマンテ王国は最大の国家。その流通網を駆使すれば、カオストン竜石国だけでなく、多くの国の希少な鉱石が手に入る。そのホーラスという男には、そうして手に入れた鉱石を優先的に利用する特権を与えよう。考え直せ！」

吠えるバルゼイル。

……最後の最後に『命令形』が入ったところを見ると、まだ彼の傲慢は潰されていないようだ。

それは褒めるところだ。

相手は魔王を倒した勇者だ。その力が国に向いたらどうなるか、どれほど混乱しても想定できるだろう。

とはいえ、それは単なる悪手だ。勇者の望みを妨げることとは、優れた選択とは絶対にならない。

悪手はどれほどいじろうと悪手でしかない。

そもそも、対等ではないのだから。

「城の職員がまとめていなくなり……これから財政難になるディアマンテ王国に、何故身を置く必要があるというのでしょうか」

「なに、ざ、財政難？」

ランジェアの言葉を、バルゼイルは理解できなかった。

勇者ランジェアが指摘した、ディアマンテ王国の人材不足と財政難。

職員がいなくなったというのは、ゴーレムマスターとして力を行使していたという説明でわかっている。

人間の十倍以上の能力を発揮するゴーレムを五百体以上同時に動かせる。

そこに現実味はないが、そもそも、魔王を討伐した勇者の師匠を、常識で判断する方がどうかしている。

現実味はなくとも、現実であると認識しなければならない。

それはわかる。

だが、財政難というのは何なのか。

「魔王が討伐され、各国に強制されていた『特例』は次々とその力がなくなっています。その特例の一つに、『債権』に関するものがありました」

「はっ？」

「魔王が世界に侵略している緊急時のため、多くの金貸しが『返済期間の延長』や、『金利の制限』を設けられました。なかには、一方的な資金の援助を強制したところもあるそうです」

「そ、そんなもの……」

「権力で握りつぶせばいいと思いましたか？　では、あなたたちは、自国の金貸しの不満の噂を聞いたことはありますか？　ないでしょうね。私たちが、ほぼ満額に近い金貨を用意し、金貸しから債券を購入しましたから」

「なんだと⁉」

緊急時だからと滞っても問題なかった債務の返済。

ただ、魔王が討伐され、特例は消えた。

金は、返さなければならない。

加えて、この世界において、『モンスター討伐における実力者』は、『資産家』を意味する。

答えは単純で、モンスターを倒した場合、銅、銀、金の硬貨が、そのモンスターの強さに応じて手に入るからだ。

モンスターは倒すと、硬貨とドロップアイテムを残して塵となって消滅する。

もちろん、硬貨が増え続ければ物価はインフレするが、この硬貨にはエネルギーとしての使い方があり、専用の魔道具に入れることで、その性能を発揮する。

国策を支える上で重要な大型魔道具の運用は、文字通り莫大な量の金貨が必要であり、そのための徴税を行うことで調整されている。

なお、各国がそれぞれ自国通貨を作るのではなく、モンスターのドロップコインをそのまま使用している『表向きの最大の理由』は、あまりにも偽造が困難だからだ。

完璧な円形で、複雑な切込みがいくつも入り、そしてコンマ一ミリの誤差もなくまったく同じ。

偽造不可能なものとして世界会議が認めており、世界で使える。

というより、この硬貨を持ったうえで、支払いが通用しない国家はこの世界に存在しない。

そして、勇者コミュニティが魔王討伐までに集めたその資金額は莫大《ばくだい》であり、各地の復興に金貨を放出してきた。

その金の出し先は、緊急時だからと遠慮なく踏み倒され、枕を濡らす金貸しも少数ではない。

闇金はつぶれてもらったが。

とにかくそんな理由で、数多くの債権を持っており、常任理事国は、その多くが勇者コミュニティに借金している状態である。

その上、勇者コミュニティそのものが、大型の金貸しになれる。

「勇者コミュニティにも金貸しの事業はあります。知っていますか？　国ごとに見れば、もっとも借金額が多いのはディアマンテ王国ですよ？」

「なんだと……」

「主に、王都に住んでいる方からの要望がとても多く……そうそう、そちらにいるルギスソク公爵家の当主さんは、最も大きな借金をしていますよ。王都の屋敷を売っても払えないくらいに」

「ヒッ――」

ザイーテの声が引きつった。

「とはいえ、実際は分割払いですし、金利は破格の低さです。ゆっくり返してもらいましょうか」

「「「……」」」

全員が息をのんだ。

ずっと考えていなかった借金の返済。

そもそも、莫大な援助をどの国も受けている。

だがその上で、国民が飢えないための供給力『以上』を求め、借金を重ねてきたのだ。

王族や貴族などは、見栄のために金貨を湯水のように使っている。

「そして、一切の債務がないのは、ここにいらっしゃる中では、カオストン竜石国だけなのです」

「何？　ば、バカな……」

「理由は、私が魔王討伐に使った『竜銀剣テル・アガータ』はカオストン竜石国で製作されたものであり、これを私が手にすることで借金返済になったからです」

「ゆ、勇者の剣を作っただと……」

バルゼイルが顔をゆがめているところを見ると、どうやら勇者の剣が竜石国で作られたことは知らなかったようだ。

「我々としても、余計な考えをせずに過ごせることが、この世界会議参加国においては竜石国しか確約されていないのです」

勇者相手に借金を抱えているというのは圧倒的な外聞の悪さがある。

そんな状態で勇者が身を置いた場合、『その借金はどうするのか』という話が必ず話題に上がる。

自国の通貨を持たず、魔物貨幣で借りている以上、捻出しようとすれば、増税か徴兵してダンジョンに放り込まれることになるだろう。

そう、まだその段階に突入するわけにはいかない。

どこの国も被害が大きく、これから復興しなければならない。

ここからいきなり金の話に発展すれば、誰も耐えられない。

ここは引かなければならない。カオストン竜石国に譲らなければならない。

魔王は倒され、特例は終わったのだから。

「では、師匠と我々に、カオストン竜石国の国籍と、宝都ラピスの市民権を頂くという報酬は、認められたということでよろしいですね？」

最後にランジェアは、リュシア王女を見る。

こう言っては何だが、まだまだ幼い印象がある十四歳の少女が『こんなところ』にいるだけで心臓が持つか持たないかの瀬戸際だというのに、勇者から言われたら、首を縦に振るしかない。

「わ、わかりました。カオストン竜石国は、皆さんの国籍と、宝都ラピスの市民権を認めます」

「ありがとうございます。では、我々にも調整する部分が多々ありますから、これで失礼します」

そう言って、ランジェアは踵《きびす》を返すと、扉に向かって歩いていく。

……最後に、全員のほうに向かって振り向いた。

静かだが、よく通る声で……。

『もしも、リュシア王女殿下に何かあれば、わかってるよな？』

明らかに違う口調。圧倒的な存在感。

それに呑まれた王たちが何も言えなかったのは、生物として正しい反応だろう。

ランジェアの姿が見えなくなるまで、いや、見えなくなった後もしばらく、張り詰めた空気は緩まなかった。

★★★

勇者コミュニティが竜石国に身を置くと決まり、リュシア王女はてんやわんやである。

ラスター・レポートを全員抱えるとなると、かなり大きな屋敷が必要になる。

しかし、急にそんな屋敷を用意するなど、無茶ぶりもいいところだ。

もちろん、手ごろな屋敷が見つかり、そこに人が住んでいたとしても、『勇者を招くために用意したい』と交渉すれば、最終的には用意可能だろう。

とはいえ、ランジェアとしても急にそれが揃うとは思っていないし、時間をかけて用意すればいい。

王女ではあるが十四歳の少女であるリュシアは涙目になりながら不動産の書類をひっくり返しているところだ。

……そんな中、ディアマンテ王国では、怒鳴り声が響いていた。

「貴様のせいだぞザイーテ！　貴様が平民をとどめておく判断をしておけば、勇者コミュニティの力が手に入ったのだ。それを逃がすなど、この罪は重いぞ！」

「も、申し訳ございません。陛下」

「謝って済む問題か！　しかも、勇者コミュニティへの莫大な借金など、いったい何を考えている！」

「ゆ、勇者コミュニティは各国への援助額も多いとのこと。部下に金をもらってくるよう言いつけましたが、援助ではなく借金になっていたとは……」

「何に使った！　貴様が金を投じた事業は全て王家に――」

顔が青くなるザイーテ。

「ま、まさか。全て娯楽に使ったのか！」

「そ、それは……」

「そういえば、貴様はこの数年、ずっと羽振りがよかったな。高そうなワインや珍味をいくつも……アレは借金で買ったのか！　この大バカ者め！」

バルゼイルは怒鳴る。

ただ……そう、ザイーテのような立場の者にとって、この状況は『十分考えられる範囲』だ。

ランジェア率いるラスター・レポートは、魔王を討伐したことで『勇者コミュニティ』となった。

しかし、そうなる前は、主要メンバーが冒険者登録をして、そこに集まっていた『冒険者コミュニティ』でしかなく、全員が平民なのである。

金をある程度用意できるほど腕が立つとはいえ、所詮『平民』であり、権力者であるザイーテが一声出すだけで、その借金は、『返済を催促されても握りつぶせる』のである。

世界最大の国家の公爵家の当主。

そんな人間の声は、冒険者を管理する協会本部にとっても無視できないもの。

勇者になる前の単なる冒険者であれば、力関係の問題で債権は消滅する。

だからこそ、仮に『ラスター・レポートから金を借りている』という正確な情報をザイーテが持っていたとしても、今と同じようになっただろう。

正直、ラスター・レポートへの過小評価が過ぎる。

しかし、それにも理由はある。

ラスター・レポートはその全員が、平民であるだけでなく、特殊な出生に一切該当しない。

高位の神官の娘でもない。大型商会のご令嬢でもない。武闘派一族に生まれたわけでもなく、様々な国が抱えている『聖剣』や『秘蔵の魔道具』を手にしたわけでもない。

功績は多い。

しかし、その中身はひどく卑しく見え、『権力者という、名札しか気にしない者』にとって薄っぺらいのだ。

そう……『魔王を討伐する』まで、『平民出身の一般人にしてはまあまあやる』と、誰もが過小評価していたのである。

「ザイーテ様！」

転移室に入ってきたのは、スーツを着た男たちだ。

貴族としてのバッジはつけているが、どれも華美なものではない。

男爵や子爵の次男三男といったところだろう。

そんな男たちが入ってきた。

「なんだ！」

「へ、陛下。いらっしゃったのですか。も、申し訳ございません」

「……いや、言え。ザイーテに何の用だ？」

珍しく、『直感』が働いたのか、バルゼイルは男たちに言った。

「そ、それでは……ざ、ザイーテ様。その、事務室に置かれていた金庫の中が空なのですが、どこに活動資金があるのでしょうか」

「はっ？」

「金庫の中がほこりをかぶっておりまして、長い間、使われた形跡がないのです。平民が採用されている間に、別の場所に変更になったのでしょう。活動資金は何処に」

「な、なにを言っている。事務員は副業か何かで資金を調達していたんじゃないのか？」

ザイーテは純粋に疑問を口にしたようだ。

だが、バルゼイルは背筋が凍った。

「おい、事務員への資金はお前が管理しているはずだ。今まで何に使っていた！」

「そ、それは……」

「何に使っていたのかと聞いている！」

「……」

顔が青いままで何も言わないザイーテ。

「まさか。活動資金を与えず、給料も払ってないのか！」

「い、あの、そのような……」

「どれほど使い込んだ。まさか全額……」

バルゼイルが『全額』というフレーズを口にした瞬間、ザイーテの顔が青を通り越して真っ白になる。

目は口程に物を言う。ザイーテの揺れる目を見れば、事実すら明白だ。

「どうしてそのようなことになった！」

「ま、間違えて、すべての金貨が入った袋を私の荷物の中に含めてしまい、それを屋敷に持ち帰ったことがありまして。そ、それでも、事務員から何の苦情もなかったので、副業か何かで資金を集めているのかと……」

「ああ、できるだろうな！　勇者が認めるゴーレムマスターだ。王都近隣にあるダンジョンにゴーレムを送り込んでモンスターを倒せば金貨を用意できるだろう……」

バルゼイルの顔が真っ赤になる。

「貴様あああああああああああああああああっ！」

バルゼイルの鉄拳がザイーテの顔面にさく裂した。

「があああっ！」

反応できずに無抵抗で殴られたことで、地面に倒れる。

歯が数本折れ、頬は腫れあがり、手で押さえて悶えている。

「どれほど愚行を積んだのか理解しているのか！　おい、兵士を呼べ。こいつを牢屋にぶち込んでおけ！」

「ろ、牢屋⁉　そ、それだけは……」

「何の責任も果たせぬ無能の懇願に何の意味がある！　追って沙汰は下す。ただ、爵位剥奪と全財産没収は確定だ。覚悟しておけ！」

「なっ、わ、私は筆頭公爵家ですぞ！」

「それを考慮して余りある罪ということだ。連れていけ！」

兵士がザイーテを抱えると、そのまま転移室を出ていく。

「しゃ、爵位剥奪と全財産没収。い、嫌だ！　お許しを！　陛下ああああああっ！」

見えなくなるまで懇願しているザイーテだが、バルゼイルはそれどころではない。

「ぐっ、おおっ……ど、どうすればいい。どうすれば勇者コミュニティの力が手に入る。ぐ、うああ……」

床に崩れ落ちるバルゼイル。

彼は傲慢であり、城の現状にすら気づけぬ無能だ。

ザイーテのような人間を側近にし、イエスマンで周りを固める愚か者でもある。

しかし……一つだけ。

『勇者』という称号がどれほどの重さなのか。そこは理解している。

そして、その勇者の師匠の力を存分に使っていながら、何も与えることがなかった。

バルゼイル自身が人を許せる器ではないゆえに、何をどうすれば『許し』が得られるのかわからない。

「なぜ、なぜ何も言わなかったのだ。なぜ……」

無給はおろか予算すら自前で用意するという異常事態。

何故、ホーラスが何も言わなかったのか。それを今のバルゼイルに理解することなどできない。

そしてそこを理解できない以上、ホーラスを理解することはできず、何をすれば許しを得られるのかにたどり着くこともないだろう。

第三話　竜石国の入り口にて

カオストン竜石国は『キンセカイ大鉱脈』という、モンスターを倒した際のドロップアイテムとして質の高い金属を確保できる巨大なダンジョンを運用することで発展している。

しかし、質の高い金属はどんな国も求めており、それを無理に押し出して発展しようとすると、様々な国の諜報部隊が入り込んで国がめちゃくちゃになる。

初代の国王は、ダンジョンを軸として世界と交渉し、キンセカイ大鉱脈というダンジョンの独占権を確保するに至ったほどの傑物であり、要するに『話術』は優れていたが、金属を扱うセンスは乏しく、技術力のある家臣に恵まれなかった。

よって国力が思うほど高くならず、その間にもともと技術力のある他国が竜石国の周囲を固めたため、質の高い金属を確保できるとアピールしている割に『小国』という位置づけになっている。

そんな国だが、キンセカイ大鉱脈というダンジョンが最も魅力を発揮する国であることも確かであり、そんなダンジョンの周囲が極端に栄えるのは明白だ。

流通の関係もあって様々な『町』はあるものの、基本的には『穀物を作るための村』で構成されている。

そして、その村に関しても、近年では質の高い鉄製の農具をはじめとした道具が普及しているため、発展しているのだ。

そんなカオストン竜石国の辺境の『宿場村』の一つである『カルサイト村』にて。

ホーラスはホットドッグにかぶりついて休憩している。

「とりあえず、クビになったし、俺もやりたいことをやるか。あー、でも、明らかに完成まで十年は必要な研究があるんだよなぁ。しかも時間制限が……くっそ～……」

自由になったと思ったら意外とそうでもなかったのか、ホーラスは表情が優れない。

とはいえ、優れる優れない以前に、王都ワンオペ歴が長かったためか、クールを通り越して『無気力』が正確な表現だろう。

「キンセカイ大鉱脈のレアストーン・マーケットでレア鉱石ガチャでもやるしかないか……」

「こんなのんびりしたところで、何をモヤモヤ考えてんだ？」

「ん？」

ホーラスはカルサイト村にあるフードコートで椅子に座ってダラダラしているわけだが、そんな彼も話しかけられるとそちらに目を向ける。

向けた先にいるのは、おそらく二十代半ばといった風貌の男性だ。

銀髪を短く切りそろえており、少し軽い雰囲気、または飄々《ひょうひょう》といった様子をしている。

「あー、まあ、ブラックな組織から出たと思ったら、いろいろやりたいことのために時間制限があることを認識して、いずれにしても『運』の要素が絡むよなーっていう、ごめん、何を話そうかって全く考えずに言った」

「自覚があるのならいいと思うけどな」

「普段ならそこまで適当じゃないはずなんだが……」

「組織から離れたら適当になる。なんてのは普通のことだろ」

「そう……かもな」

男の言い分に納得した様子のホーラス。

「ただ、竜石国にそこまでブラックなところってねえよな。宝都ラピスに向かってるのか？」

「ああ。そこでいろいろやることがある」

「なら、俺と目的地は同じだな」

「へぇ……みたところ、商人か？」

男は荷車を引っ張っているが、布がかぶせられた荷物はかなり高く積みあがっている。

旅行にしては荷車がかなり使い込まれているので、頑丈なそれを使い込むとなれば、商人というのが初見の印象だ。

「ああ。宝都ラピスまでいけばいろいろな金属がある。キンセカイ大鉱脈では手に入らない金属を持ち込んで物々交換するのさ」

「行商人……というわけか。そのわりに、荷車の軸受けが古くないか？」

「随分観察力があるんだな」

「まあな。それの技術に関わってたんだよ」

ディアマンテ王国の王城で働いていたホーラスだが、やっていたのは事務作業だけではない。

魔王の影響で多くの場所で被害が発生していたわけで、それは筆だけでどうにかなるレベルのものではなかった。

ゴーレムマスターとして『技術力』を発揮して、輸送力を高めていたのである。

長年関わっていたこともあり、馬車を作るくらいはホーラスにとって造作もない。

「で、見たところ、アンタここまで歩いてきたんだろ？　ここから宝都ラピスまでかなり距離があるけど、足はあるのか？」

「いや、金払って、乗り合い馬車を適当に使ってた」

「じゃあ、俺の荷車の軸受け、整備してくれないか？　代わりに宝都ラピスまで乗せてやるよ」

「……わかった。俺はホーラス。そこまで頼むよ」

「取引成立だな。俺はギンジ。よろしく」

二人がそう言って頷いた時だった。

遠くから、耳をつんざくような『爆発音』が聞こえてきた。

「な……何が……」

驚いているギンジをよそに、ホーラスは走り出す。

カルサイト村は宿場村といった立地だが、宝都ラピスにキンセカイ大鉱脈が存在することで利用者が多く、穀倉地帯も近くにあるため広大だ。

そんな村の端の方で響いた爆発音に向かい……遠くからでもその正体がわかった。

「紫色の鱗のドラゴン……まさか」

ホーラスの瞳が光る。

彼の視界からは、ドラゴンの表面に『真っ白な鎖』があるのが見えた。

普通に見ていては認識できない鎖。

何者かによってつけられたのか……。

「こんなところにドラゴンが出現とは、だが安心しろ！　ディアマンテ王国チオデ伯爵家の嫡男であるこの俺、ユリーフ・チオデが討伐してくれる！」

空を舞うドラゴンの近くでそんなことを言っているのは、茶髪で貴族風……要するにあまり戦いには向かない格好をした青年だ。

剣を構えており、金を出せば買える程度の業物《わざもの》。

「アイツに倒せるレベルか？　……っ！」

ホーラスの視界に入ったのは、ユリーフの近くにいる魔術師のような男。

その手に持っているのは、白い宝石だ。

鎖のような溝が彫られているもので、今も淡く輝いている。

「……」

それをしり目に、ホーラスは周囲を見る。

暴れ始めて時間は経っていないのか、被害は狭い。

しかし……。

「お願いします！　誰か、あの中に娘が！」

母親だろう。三十代半ばの女性が、燃える家を前に叫んでいる。

周囲に水が入った桶のようなものもない。

そして、誰も寄り添わないということは、水属性の魔法を使えるものもいないということだ。

「……茶番くらいはさせてやるか」

ユリーフをしり目に、ホーラスは燃える家の扉を蹴り破って中に入る。

中は床も壁も天井も燃えており、時間はなさそうだ。

「おい！　助けに来たぞ！　いるなら返事をしてくれ！」

叫ぶホーラスだが、返事は聞こえない。

燃える炎の音がうるさすぎてなかなか通らないが、それ以上に……。

「娘が気絶してる可能性もあるか」

とりあえず近くの部屋の扉を蹴り破って中に入って確認する。

台所も、リビングも、風呂場も違う。

「どこに……っ！」

寝室に飛び込んだホーラス。

そこに、いた。

三十代半ばの女性が娘と呼ぶに値する、十歳に満たない女の子が。

ただし……そう、紛れもなく……黒焦げになっているが。

肌の大部分が炭となっており、時間がかなり経過している。

大爆発が起きる前から、ここまでの火災になるほどの攻撃……いや、『演出』がドラゴンによってもたらされたのだ。

「……はぁ、あんなドラゴンが村にいて気が付かなかったとは、平和ボケしすぎたな」

ホーラスは黒焦げの少女に寄りかかると、その口に耳を当てる。

すると、本当に少し、ひゅー……と息が聞こえる。

「死んではいないな」

ホーラスは手の傍に『渦』を出現させると、そこに手を入れて、一本の瓶を取り出す。

栓を開けて、少女の口の近くに持っていく。

すると、瓶の中に入っている液体が動き出して少女の口の中に入っていき、液体が触れた場所から、綺麗な肌に変わり始めた。

体の内部から急速に回復し、ものの数秒できれいな肌を取り戻して、呼吸も正常になる。

ホーラスは少女が持っている焦げたぬいぐるみに触れて、一瞬で『修復』する。

少女に自分の分厚い上着をかぶせ、そのまま抱きかかえて走り出すと、壁を蹴りで粉砕して外に出る。

「おい、大丈夫か！」

近くに来ていたギンジを発見して、ホーラスは頷く。

「大丈夫だ。ただ、煙を吸ったのか気絶している」

ホーラスはそう説明したが、ギンジは少女の様子を見て、訝し気な表情をした。

「……そういうことにしておく」

「助かる。で……『茶番』はどうなってる？」

本質をついたことを言うか迷った様子のホーラスだが、目の前にいるギンジがそれ相応の『やり手』だと判断したのか、あえて『茶番』といった。

「魔法使いたちが遠距離でたたき落として、地面に落ちたドラゴンに斬りかかってるが……傷がついているようには見えねえな」

演目としては倒したいのかもしれないが、そもそも倒しきれるように見えない。

ギンジはそう言って、ホーラスは頷いた。

少女を抱いたまま母親のところに行って、娘を預ける。

「あ、ありがとうございます！」

「煙を吸って気絶してます。安静にすれば目を覚ましますから」

「はいっ、はいっ！」

涙交じりに頷く母親。

ホーラスは頷いて、ユリーフの方を見る。

そこでは、飛び立とうとするドラゴンを魔法使いたちが遠距離攻撃で焼いて、飛べないドラゴンにユリーフが斬りかかっている。

「フハハハッ！　どうだ！　このユリーフ様の剣技に太刀打ちできないだろう！」

よく見れば傷がついているように見えないが、どうやらご満悦の様子。

「ホーラス。どう思う？」

「……良い予感はしない」

「俺もだ」

二人がそう言ったときだった。

ドラゴンの体から、ブワッと、紫のオーラが放たれた。

そして、体を覆う白い鎖が目に見えるようになり……バラバラに砕け散る。

「はっ？」

それを見て、ユリーフの口からとぼけた声が出る。

「バオオオオオオオオオオオオオッ！」

ドラゴンが咆哮《ほうこう》し、尻尾を振り上げる。

真正面からユリーフを捉えて、彼を天高く弾き飛ばした。

「があああああっ！」

あまりのダメージに絶叫して吹き飛んでいくユリーフ。

そのまま地面に墜落し、滑るように転がって、私兵であろう魔法使いたちのところで止まった。

「……無様だなぁ」

「爽快の間違いじゃやね？」

「そこまで元気じゃないんでね」

ホーラスはそう言いながらもドラゴンに向かって走り出した。

「さてと……お前に恨みはないが、『再利用』されても困るんでね」

飛び上がると、そのままドラゴンの腹に右ストレートを叩き込む。

「グオオオオオオッ！」

ドラゴンは悲鳴を漏らしながら吹き飛んだ。

そのまま足で地面を削りながら減速し、前を見て……。

「終わりだ」

すでに目の前まで接近し、剣を振りかぶっているホーラスが、魔力を刃にまとわせて長さを延長。

袈裟斬りにして、頑丈な鱗に覆われた体を両断した。

「……ふぅ」

ドラゴンの体が、大量の金貨と、モンスタードロップであるインゴットを残して塵となっていく。

モンスターを倒すと、それに応じた硬貨とドロップアイテムが出てくる。

それがこの世界の法則だ。

「……ま、誤魔化し程度にはなるか」

インゴットを拾ってポケットに突っ込みつつ、ホーラスはそう呟いた。

★★★

数十分後。カルサイト村から宝都ラピスにつながる街道にて。

ギンジは御者をする馬が引っ張る馬車にホーラスが乗り込むという形で、ゆっくり進んでいた。

「……で、よかったのか？　金貨を全部置きっぱなしで」

「良いんだよ。インゴットはパクったし、あの量の金貨を個人で持つとなると、今の俺の場合は立場的に面倒だからな」

ドラゴンを倒して出てきた金貨。

ギンジも表情を見る限りそこまで執着しているようには見えないが、『かなりまとまった金額』になることもあり、一応聞いておこうと思ったようだ。

とはいえ、ホーラスとしては『貰いたいものは貰った』といったところなのだろう。

荷車で本を読んでいるホーラスの表情は、無気力ではあるが『満足』寄りのようである。

「ま、全焼した家もあるし、それを修理する資金にしてくれって意味もあるんだろ？」

「ああ。家の中を見た限りだと、母子家庭ってわけじゃなくて父親もいるとは思うが、それでも、家が全部燃えるなんてのは想定外だ」

「だよなぁ。てか、モンスタードロップってランダムだろ？　あんなアクシデントでよく引けたな」

「確率。弄《いじ》ろうと思えば弄れるからな」

「え、そうなの？」

「そうだ」

「……」

「教えないぞ」

「なんでだよ！」

「そりゃあ……俺以外がやると難易度が高すぎるからだよ」

「どういう意味？」

「秘密だ」

「情報を出すつもりがあるのかないのかはっきりしろや！」

「ない」

「断言するなよ！」

モンスターを倒して手に入るドロップアイテム。

モンスターによって大体決まっているが、それでも確率で手に入るものだ。

それをいじれる技術があるとなれば、冒険者界隈の『常識』が根底から覆ってしまう。

そのため、秘匿する理由はわかるのだが……。

ただ、変にもったいぶったような言い方をして、その上で重要な部分は何も言わないという、無気力な顔つきのクセになかなかな性格が悪い。

……まあ、ギンジなら大丈夫だと思ったのだろう。多分、おそらく。

「はぁ、なんか疲れてくるからそれはいいや。で、寄り道せずに宝都ラピスに向かうけど、それでいいんだな？」

「ああ。構わない」

「じゃあ、まっすぐ向かうぞ……野宿はできるよな？」

「当然だ」

出会ってまだ半日もたっていない。

お互いに何を確認すればいいのか、よくわかっていない二人は、宝都へ向かう。

第四話　勇者の師匠ホーラス。宝都ラピスへ

宝都ラピス。

カオストン竜石国の首都であり、中心部には巨大ダンジョンである『キンセカイ大鉱脈』への入り口が存在し、このダンジョンを中心に開国された。

そして国として育ち、首都となったこの町が『宝都ラピス』と名付けられ、今に至る。

「……宝都ラピス。もうそろそろか」

「そうだな。いやー。アンタとあの村で会えてほんとによかったぜ」

「こちらこそ、ここまで乗せてくれてありがとう」

「対等な取引だろ。整備するだけじゃなくて、めちゃくちゃ強化してくれて助かった」

「まあ、アレくらいならチップの範疇《はんちゅう》だ」

ホーラスは馬が引いている荷車の上に乗って、周囲を見渡している。

「よし、じゃあ、俺は荷物の検分があるから、ここで別れよう」

「ここまで世話になった」

「はっはっは！　道中のモンスター討伐まで任せちまって、こっちのほうが世話になったぜ」

ホーラスは頷くと、馬車を降りた。

「縁があればまた会おう」

「おう！　またな！」

ホーラスはギンジと別れて、そのまま宝都ラピスの門に向かう。

近くの検分所では荷物の確認が終わった商人が許可証を貰っている様子だ。

大型の荷物を持ち込む場合は許可証がないと門をくぐれないようになっているが、ホーラスのような歩き旅らしい格好の場合は簡単に通れる。

とはいえ、初めてくるので簡単な書類を作る必要がある。

「……師匠？」

のだが、どうやらその必要はなくなったようだ。

職員の控室で待機していた様子のランジェアが、ホーラスの姿を見かけて椅子から立ち上がった。

「ん？　ランジェア？」

「師匠！」

それまで氷のような無表情だったが、ホーラスを見ると一気に明るい表情になって、ホーラスに抱き着いた。

「すうううはああああすううううはあああああ。本物の師匠です！」

「お前普段とキャラ変わりすぎだろ」

勇者として王が並ぶ謁見の間だろうが絶対に緩まない『強者』の風格が普段からあるのだが、今のランジェアは年齢相応……いや、十七歳であることを考えるとやや幼く感じるような言動だ。

「師匠は特別ですから！」

「……そうか」

町に入って早々疲れている様子のホーラスである。

「師匠、屋敷に案内します」

「え、屋敷？」

「はい。ラスター・レポートで屋敷を持つことになりまして、そこに師匠も一緒に住みましょう！」

「……年頃の娘が何言ってんだか」

「あ、こちらが師匠の国籍と市民権になります」

ランジェアが二つの書類を取り出す。

そこには、確かに、カオストン竜石国の国籍と宝都ラピスの市民権を証明する記載があった。

なお、市民権のほうに思いっきり住所が書かれており、ここがおそらくランジェアが言った屋敷なのだろう。

「……行動が早いな」

「というわけで、行きますよ！」

「あ、ちょっ……」

ホーラスの腕を引っ張ってグイグイ歩くランジェア。

その顔は天真爛漫を擬人化したかのよう。

勇者としての彼女には氷の世界が似合うとすれば、今の彼女はひまわり畑が似合うだろう。

ただし、そこは勇者。

十七歳で胸と尻以外は細い体だが、膂力は絶対的。

ただの銀髪美人と侮るなかれ。

「つきましたよ師匠。ここが私たちの家です！」

「……でかいな」

屋敷を見上げつつ、もげそうになっていた腕を回してつぶやくホーラス。

「おかえりなさい。ランジェア。待ってたわ。師匠」

門を開けて中から出てきたのは、金髪碧眼の巨乳メイドだ。

朗らかで『めっちゃ優しそう』な微笑を浮かべており、露出の少ない正統派なメイド服だが、かなり魅力的な姿である。

「ティアリス、久しぶりだな」

「ええ、久しぶり。師匠。こうして一つ屋根の下で過ごせる日を待ってたのよ」

「あー。うん。そんな感じなんだ……」

「フフッ、ご案内するわ」

ティアリスは微笑を浮かべて、中に入っていく。

屋敷はかなり立派なもので、装飾品は少ないが、一流の建築士が設計したのがわかる。

「人の気配が全くしないな」

「今は私とランジェアしか集まれてないし、当然ね」

「アレ、そうなのか」

「まだ後片付けが終わってないし、とりあえず屋敷の確保と清掃。あとは師匠がゴーレムを作るための部屋を用意してるわ」

「至れり尽くせりだな」

「ここまで育ててくださったお返しを何もしてないし、これくらいは当然よ」

一つの部屋に到着。

「こちらがご用意した作業場になるわ」

ドアを開けると、そこそこ広い部屋だ。

中央に台が用意されており、壁際には鉱石が入った箱や、希少金属を並べた棚が置かれている。

「ほー。金属。やっぱりここはいろいろ揃うんだな」

「そうね。やはり、『キンセカイ大鉱脈』はこういったものも集まるわ」

「この環境があれば、師匠も思いっきり研究できますね！」

良い笑顔でランジェアが言った。

「国籍や市民権を得ようと思ったら、最低で四年だからな。まずはそこまでゆっくりやろうと思ってたが、ここまでそろってるならいろいろ前倒しにできるな。ありがとう」

ホーラスは二人の頭をなでる。

撫でられた二人は無抵抗で、気持ちよさそうな顔つきだ。

「さて、色々整備するか」

「私も見ていていいですか？」

「ランジェアも？　まあ、見せるのも久しぶりだからな。いいぞ」

「私は準備することがたくさんあるから、お二人で楽しんでて」

「ん？　準備？　いろいろあるなら手伝うが……」

「いえいえ……一人のほうが速いので」

「要するに説明するだけでかなり長いってわけか……わかった」

部屋に入っていくホーラス。

「じゃあ、整備は三十分で終わるから」

「わかりました」

ティアリスはドアを閉めてどこかに行った。

足音が聞こえなくなると、ホーラスはため息をつく。

「……本当に希少な金属が多いな。いったいいくら使ったんだか」

「端金《はしたがね》ですよ」

「端金……ねぇ。まあ、そういうことにしておくか」

ため息はついたが、うれしそうな様子で、ホーラスは金属を眺めている。

第五話　宮殿の錬金術師

「宮殿地下の魔力室に来てほしい？」

ホーラスが言った整備も終わり、ロビーでまったりしていると、来客があった。

ピンク色の髪をツインテールにしている童顔の少女で、ローブを着た錬金術師といったところ。

まだまだ子供っぽい雰囲気はあるのだが、その胸に関してはなかなかお目にかかれないレベルである。具体的に言えば、『G』だ。

名前はエーデリカ。リュシア王女殿下の部下の一人とのこと。

「そうよ。ホーラスさんには、宮殿地下にある整備室で、その実力を発揮してもらいたいの」

「それは、政府からの依頼ってことでいいのかな？」

「そういうことよ」

「こっちの用事はとりあえず終わったから問題はないよ」

「整備室での作業ですか。私も見に行ってもよろしいですか？」

「はい。ぜひランジェアさんも来てください！」

竜石国の政治中枢は宮殿である。

そんなところから使者が来たというわけで、別にホーラスとしても反対する理由もない。

そもそも今のホーラスは竜石国の国民であり、別に反対するような立場でもないのだ。

無理なことを言ってくれれば話は別だが、ゴーレムやそれに類することであれば何も問題はない。

なお、ホーラスとランジェアで明らかに扱いが違うような雰囲気があるが、きっと気のせいではないだろう。

ホーラスがそれを気にしている様子はないが。

……というわけで、ホーラスはランジェアと一緒に、エーデリカに続く形で宮殿に向かう。

「宮殿地下ねぇ。まあ、いろいろ置かれてるだろうけど、候補はあんまり多くないな」

「一体何が？」

「多分、『魔力パイプ』の動力部だろ」

「魔力パイプ？」

「あー。家に置かれてるスイッチ一つで明かりや火を点けたりする据え置きの魔道具って、外部から魔力が供給されてるんだよ。そのコアになる部分に大量の金貨を入れておいて、生活が便利になってるわけだ」

「それの整備という訳ですか」

「そうよ。ゴーレムマスターって魔道具にも精通してるだろうし、どんな実力なのか知りたいから。ちょうど整備期間が近いから、その実力を見ておこうってこと」

エーデリカが補足しているが、その眼はどこか挑戦的。というか、ホーラスに対抗しているような印象だ。

ホーラスはそんなエーデリカに対し……フッと鼻で笑った。

「何よ！」

一気にムキになるエーデリカ。

「いやぁ、若い頃ってそういうのあるよなって思っただけ」

「どういう意味よ！」

「ああ、いいからいいから、宮殿に着いたぞ」

「フンッ！　案内してあげるけど、下手なことしたら承知しないわよ！」

「わかったわかった」

エーデリカは見たところ十六歳と言ったところか。

ホーラスは十七歳ほどの見た目なので年は近そうだが、いろいろ難しい年齢特有の反応をするエーデリカに対し慣れているところを見ると、いろいろあるのだろう。

……そもそも、王都ワンオペは『いろいろ』どころではないが。

★★★

カオストン竜石国は『キンセカイ大鉱脈』から得られる金属や宝石を運用することで発展しているが、国としての規模は小さい。

そのため、宮殿も大国に比べればあまり大きくはなく、ホーラスがいたディアマンテ王国と比べれば、伯爵家あたりが王都に構えている屋敷とほぼ同じくらいのものだ。

しかし、宝石や金属を存分に使えることは事実で、それに応じた職人もそろっており、調度品の質はかなり高い。

とはいえ、それは来客が訪れる『地上階』の話。

どうしても文明的な要素が必要になる『地下』になると、一気に『工場』のような雰囲気も出てくる。

「ここが『魔力供給所』よ。あのデカい立方体が実際の設備。アレを見てほしいのよ」

「ディアマンテ王国の城の地下にもあったな。で、アレ一個なのか?」

「大国と比べないでよ」

「そりゃそうだ」

宮殿地下にある『供給所』に案内されたホーラスとランジェア。

その『魔力パイプ』の動力部となっている装置は立方体で、パイプが接続されて部屋の外に伸びている。

このパイプが宝都ラピスのいたるところに張り巡らされており、それを用いることで生活が豊かになっているのだ。

「これを整備してほしいのよ。できる？」

「ディアマンテ王国でもやったよ。できるできるできる」

そう言いながら、ホーラスは装置に近づく。

近づけばわかるほど巨大であり、その一部に触れた。

「えーと……で、今は供給は止まってるんだよな」

「当たり前でしょ。屋敷にいたのにわかんないの？」

「エーデリカさん。今の勇者屋敷はかなり改造してて、供給が止まってても魔力が流れるんですよ」

「え、そうなの⁉」

本気で驚いているエーデリカ。

もちろん、それを『不可能』とは言わない以上、彼女としても理論上はできると思っているはずだ。

しかし、短時間でその工事ができるかどうかは別問題。

エーデリカの常識の範囲では、それは不可能なのだ。

「ティアリスはラスター・レポートが使ってた移動拠点の整備をやってたし、まあそれくらいは軽くやるだろうな……で、これだな」

装置に触れると、小さいカバーを開いて、そこから直径五センチ、長さ二メートルの鉄の棒を引き抜いた。

それを近くのテーブルに置いて頷く。

「これが芯だな。こういう小さいのをいくつも入れてるタイプか。なるほど」

「芯とは一体……」

「魔道具っていうのは、魔力が通りやすいように改造した鉄を芯にして作る。だから、大型になるとこういう鉄の棒を使ってる場合が多いんだよ。メンテナンスしやすいからな」

「『発光液』の粉ならそこの棚に置いてるわ。鑑定魔法で見た場合は魔力の通り具合にズレがあるから、オススメできな――」

エーデリカがそこまで言ったとき、ホーラスはフッ！　と息を吹きかけた。

すると、鉄の棒がブワッと黒く染まり、なんだか淀みのある外見に変貌する。

「うわっ、きったね！　……で、なんか言った？」

「……何も」

何かを我慢しているかのような表情だが、エーデリカは棒に近づいて触れた。

「凄く黒いですが、普通はどうなのでしょうか」

「まあ、白が理想的だけど、普通は灰色よ。こんなに真っ黒になったら普通は取り換えるけど、そんな予算はないわ。一本だけ取り換えてもちゃんと動かないことが多いし」

そう言いつつ、エーデリカは両手をかざして棒の端から魔力を通していく。

すると、黒くなっている部分が次々と灰色に近づいていく。

十秒ほどかけて、二メートルあるうちの十センチが終わると、一度とめてふうっと息を吐いた。

「知ってると思うけど、ここまで黒くなったこれを修復するのはほぼ不可能だから。こうしてなんとか灰色にしてるのよ。作り自体はシンプルで頑丈だからこれでも使えるけど、これが限界だから」

「なるほど。ふーむ……もう一回やってみて」

「なんでアンタが指示すんのよ。私がやったんだから次はアンタでしょ」

「まあ、いいからいいから」

「……まあ、いいけど」

エーデリカは再び集中して、先ほど灰色にした部分の続きから始めた。

二秒後、ホーラスはエーデリカが集中している部分に右手の人差し指を当てる。

すると、指が当たっているところから左右に五センチが、『純白』に変わった。

「いっ！　えっ、えっ！　ど、どういう！　うそでしょ⁉」

大慌てになっているエーデリカ。

「アハハハハハッ！」

そんなエーデリカの反応を見てご満悦のホーラス。

「師匠、笑いすぎですよ」

そしてホーラスに注意しながらも、呆れつつ微笑んでいるランジェア。

「ど、どういうことよ。こ、こんなにきれいになったの見たことない」

「まあまあ、俺がやると……」

指をあてて、スーッと撫でていくホーラス。

すると、完全に真っ黒になっていた部分が、次々と白くなっていく。

「えええええっ!? あ、ありえない！ どうしてこんな。ねえ、どうやったの!?」

「まあまあ」

とりあえず真っ白にした棒を窪みに入れて、次の棒を引っこ抜くと、息を吹きかけて真っ黒に発光させてテーブルに置く。

「とりあえずやってみ？ 教えてやるから」

「わかったわ！」

元気な様子で作業を始めるエーデリカ。

そんなエーデリカに対して、ホーラスは話す。

「いいか？ 魔力ってのは安定を求めてる。何にでも『なる』んじゃなくて、『なってくれる』物質だ。どうなってほしいのかイメージしろ。さっき見せただろ？ 白くしようってイメージするんじゃなくて、白くなれって強く念じるんだ」

「白くなれ～！ 白くなれ～！」

ぐぐぐぐっと謎の力が入っているエーデリカ。

すると、灰色になるのではなく、少し……白に近づいている。

「おお、こう、なんだか、ほんのちょっとだけ、さっきよりも白に近づいているような気がしますね」

「ランジェア。もうちょっと断言してやれないのか？」

ランジェアの反応にツッコミを入れつつ、エーデリカの作業を見ているホーラス。

それが十秒ほど続くと、エーデリカの作業は止まった。

「はーっ！　はーっ！　はーっ！　……ふぅ」

相当集中したのだろう。額には汗が流れており、少しふらついている。

「まあ、初めてならそんなもんさ」

ホーラスが指でスーッと撫でると、そこが純白に変わる。

「おかしい！　こんなのおかしいわ！　訴えてやる！」

「誰に？」

「エーデリカ。落ち着いてください。騒いでも解決しませんよ」

「でもこんなの納得いかないわ！　私が灰色に戻すのにどんだけ修練を積んだと思ってんのよ！」

「さっきのを見る限りは五年くらいか？」

「なんでそこまでわかんのよ！　むっきー！」

疲れていた様子はどこへやら。エーデリカは納得がいかないと全身で表現している。

「まっ、勇者の師匠ってのはこれくらいのレベルなのさ。納得したか？」

若干煽るような表情を混ぜてそんなことをのたまうホーラス。

「ぐっ、ぬうううっ」

「いきなりぽっと出の男が出てきて嫉妬してんのはわかるし、俺も気持ちはわかるが、まあ、悔しいって思ってるのならいいさ」

「むぐぐぐっ！　なら、これからたくさん見せてもらうわ！　穴が開くほど見てやるから覚悟しなさい！」

「好きにしな。向上心があるのはいいことだぞ」

「その上から目線腹立つわね。いつか追い抜いてやるわ！」

「そうかい。まっ、頑張りな」

そんな様子で、ホーラスは次の棒を取り出して作業をしている。

棒はかなりの数があるので、エーデリカが観察する回数も多い。

……途中で、体力が回復したエーデリカが『私もやる！』と言い出したので、ホーラスは微笑ましい表情で理論を仕込んでいた。

ただ……。

「師匠、本当ならもっと速いですよね。エーデリカがわかりやすいように合わせていますか？」

「もちろん」

「なんですって⁉　じゃあ全力でやってみなさいよ！」

そう言われて、ホーラスは棒を取り出し、息を吹きかけて真っ黒にしつつ棒の端を掴み、一秒もかからないくらいでサッとなぞると、純白に。

「何がどうなるとそうなるのよ！」

「最初はエーデリカと変わらんよ。白くなれ～白くなれ～って思いながらやってたらいつの間にか速くなった」

「むぐぐ……なら、これからはそれでやるわ」

「そうかい。じゃあ、続きやるからな」

というわけで、ホーラスの気楽な様子の作業をエーデリカが集中して観察して、ランジェアがそれを微笑ましい表情で見守っているのだった。

★★★

その二時間後のことだ。

宮殿の地下にある『宮廷錬金術師』の専用区画にて。

「エーデリカ。あれ、珍しいですね」

リュシア王女がひょこっと顔を出した。

何故ここに王女がいるのか、やや不思議ではあるが、一応宮殿の中なので別に不可解ではない。

年も近いだろうし、接触する機会はあるだろう。

リュシアがやってきたエーデリカの作業場では、エーデリカが机に伏してスヤスヤ寝ていた。

「あの、エーデリカ。どうしたんですか?」

リュシアはほかの錬金術師に聞いた。

「それが、エーデリカが急に戻ってきたと思ったら、『下準備をやる』って言い出して、次々と手を出してたんですよ。最近、こういう下準備は極めたからいいって、しっかり取り組んでなかったんですけどね」

そう言いつつ、テーブルに山積みになっている『小型の金属チップ』を見る。

まだ『発光液』の影響が残っているのか、かなり白い。

「こんなにたくさん？」

「なんかすごくうまくなってるんですよ。さっき、勇者の師匠が来てるって話でしたけど、何か、凄いものでも見たのかなぁ」

「皆さんは見なかったんですか？」

「俺たちは時間がなくて、暇だったのがエーデリカさんだけだったんですよ」

「あー、そういう……」

リュシアはエーデリカを見る。

満足にスヤスヤ寝ているエーデリカを見て、リュシアは頷いた。

「なんだか、ここ数年で一番いい寝顔ですね。多分、本当にすごいものを見たんだと思います」

「そうですよね……あ、そろそろじゃね？」

「だな。そろそろ供給パイプの動力部の整備をしないと」

「え、供給パイプの整備？」

「今は整備期間ですから」

「わかりました。頑張ってくださいね！」

というわけで、エーデリカを残して錬金術師たちはその供給施設のところに行って……結果的に、驚愕するハメになったのは言うまでもない。

★★★

竜石国の宮殿には、当然だが騎士団がいる。

当然騎兵隊もいるわけで、そんな騎兵隊が訓練するためのスペースが存在する。

そんな訓練エリアで、馬車が爆走している。

「すっご！　ホーラスが作った軸受けを使ってる馬車。ものすごく速くない？」

「しかも、荷物の重さも三割増やしてるんですよね。すごいです！」

馬車は四台。

二台は『赤い旗』を掲げて、二台は『青い旗』を掲げている。

見る限りにおいて、『青い旗』のほうが速い様子だ。

エーデリカとリュシアがなかなか初々しい反応をしているが、それを見る限り、『青い旗』の馬車に使われている軸受けはホーラスが作ったのだろう。

「輸送能力の強化は国力に直結するからな。これくらいしないと、どうにもならなかったんだよ」

かなり遠い目をしているホーラス。

王都ワンオペという常軌を逸したことをするためには、単に事務能力が高いとか、そういう『筆』だけではどうにもならないのだ。

王都に限らず、都市というのは周囲からものが集まり、大量に消費するシステムである。

そのため、周囲からたくさんの食料をはじめとした物資を王都に運び込む必要がある。

厄介な部分があるとすれば、王都には『避難民』が多く来たことだ。

ホーラスが狙ってやったことではあるのだが、ディアマンテ王国の王都には『避難民』が多く入ってくる。

そして避難民という被害者であるがゆえに、すぐに労働を強制するということもなかなか難しいのだ。

要するに、働きもしないのにただただ物資を消費していく人間が王都にはあふれかえったわけだ。

そんな人間に食わせるのだ。カネではなく明らかに輸送能力の強化は必須である。

当然、質の高い農具を新しく作って提供したり、近くの森や海に手を出して、木の実や魚を手に入れて加工したりして『どうにかしていた』のだ。

だが、そのどうにかした食料を、やはり大量に運ぶ必要がある。

そうなったら、馬車を研究、開発する必要があったのだ。そして実際にやったのだ。

そりゃ遠い目にもなる。

「馬車の軸受けなんて、いくら性能を高くしようとしても限界があるのに、よくやったわね」

「まあ、それが受け入れられてるようでよかったよ。ちょっと馬の方がびっくりしてるようにも見えるけどな」

青い旗を付けている馬車のほうは、馬の方が驚いているのか少し速度が出ていないようにも見える。

本来よりも馬車は重いはずだが、軸受けが最新式で『摩擦』がほぼなく、馬車を引く時の抵抗が少ないのだ。

そのため、これまでの感覚よりもかなり軽くなっており、それによって驚いている様子。

「まあ、慣れてもらうしかないか」

馬も御者もこればかりは慣れだ。

というより、この国の場合、宝都ラピスに『キンセカイ大鉱脈』というダンジョンがあり、そこから大量の金属が国のいたるところに運ばれる。

ただし、どれほど丁寧に積み上げても、それを馬が引けなければ意味がないわけで、軸受けの研究は必要だ。

金属も積み上げれば相当な重さになるため、国営の商会で運用するとしてもその費用はかなりのものになる。

その輸送費をかなり軽減できるだろう。ただし、それには馬も御者も慣れてもらう必要があるが、ホーラス個人は馬を必要としないため訓練をしたことがないので、各々で学んでもらうしかない。

「しかも、その軸受けを作れる設備をたった一時間で作るっていうのも、正直意味不明よ。アンタの頭の中どうなってんの？」

「幅広く学んでるんだよ。というより、俺はゴーレムマスターで、これは『地属性魔法』と『魔道具作成』と『錬金術』の中間みたいな技術だからな」

「もともと必要な知識が多いのね」

何かの技術を向上させるために、様々な学問の知識を組み合わせるのはよくある話。

というより、様々な研究によってさまざまな現象や物質が言語化されることで、誰かの『知識』になる。

主に『天才』と呼ばれる人間や、成功するに値する技術を作れる者は、それらの『知識』を組み合わせるのが上手いというだけだ。

その天才たちも、『知識』に至るそれらをゼロから作っているわけではない。

そういった中で、『地属性魔法』と『魔道具作成』と『錬金術』の要素をうまく組み合わせて、『ゴーレムマスター』という技術を作り上げた天才が昔いたのだ。

ホーラスもまた、それらの要素を学び、そして関連する要素や、たまには関連しない要素にも知識を広げて、その中で『新しい技術』が作られている。

偶然という言葉は、あくまでも『普段自分がやらない組み合わせ』に過ぎない。

その組み合わせを生み出す知識を普段から集めておけば、ホーラスのような頭のおかしい人間になるという話である。

「勤勉な人なんですね！」

「勤勉っていうか、学ばざるを得なかったっていう方が正しいな」

「明らかに普通の学び方じゃないし、知識量がとんでもないわ。見た感じ、私とあんまり年は変わんないわよね。いったいどうやって普段から知識を得てるの？」

「年齢はともかく、十年後や二十年後の自分の何かにつながるだろうって思いながら、まったく興味のない本を読むだけだ」

「……時間の無駄じゃないの？」

「そもそも時間を無駄にできないっていうのは計画性がない奴の泣き言だぞ」

「ぐはっ！」

強烈な槍がエーデリカの心に刺さったようだ。

「ぐっ、ぬう……計画性か……むう」

「エーデリカ言ってましたよね。食材を買いに行って帰ってきたらいつも冷凍庫がパンパンだって！」

「そういうことを言うんじゃないわよ！」

大きな声になっているエーデリカだが、一応、相手はこの国の第一王女である。

しかし、あまりリュシアがそれを指摘する様子もない。

「……なんか、相手が王女でも遠慮ないな。俺も普段通りでいいって言われたし」

「まあ、私が宮廷錬金術師だからってこともあるけど、この国でその手の選民思想ってすくないわね。他国に技術を学びに行ったときに文化の違いでびっくりするんだけど」

「へぇ……例えば？」

「一番驚いたのは、貴族だけが通う学校があったり、平民を入れていても貴族のクラスとは全く別っていうか……この国だと、貴族も平民も、成績の良い悪いも関係なく、同じクラスに入れるから、そこと違いが大きくてびっくりしたわ」

「へぇ……珍しいな」

「まあ、その上で思想を見ればよくわかるわ。この国の貴族って、親が貧乏な子供がどんな風に生きているのか、知識として理解している人は多いわよ。でも、他の国って違うでしょ？」

「確かにな」

クラスという形で一緒に学ぶ利点として、子供たちが『別の環境で生きる子供を知る』ことも含まれるだろう。

親が貴族だったり大商人だったりして金があり、家庭教師を雇えるような人間の子供は、少なくとも『それ相応』に育つ。

だがその隣で、『親が貧しく、学校の学食が用意する低価格の昼飯で一日過ごす』という人もいる。

他の国に行けば、貴族というのは『隣にいるのも貴族』である。

そして、往々にして貴族というのは『何かを押し付ける側』だが、押し付ける側が与える『生活のイメージ』と、押し付けられた側の『生活の現実』は全く異なるのだ。

だが、同じクラスとして子供のころから同じ部屋で学ぶことで、そのことを『理解』……とまではいかなくてもある程度の認識はある。

親の世代も子供のころに『そういう教育』を受けているわけで、貧しい子という存在をしっかり認識している。

「もちろん、この国にも高等教育機関はあるわ。そっちは成績が優秀だったり、お金を用意できたりする人が入るけど、それ以前の学校に関しては全員一緒よ。家庭教師の有無くらいはあると思うけどね」

「なるほど……確かにな」

ホーラスは馬車を走らせている男たちを見る。

今回の新しい軸受けを試せるような環境があるのは『騎士団』だ。

まだまだ、民間で試せるほどの『信用』はホーラスは持っていないということもある。

それゆえに、馬を走らせているのは騎士団の面々だ。

おそらく貴族出身であろう紋章の入ったバッジや腕章を着けている中年以上の男性が、そういった印を着けていない若者を『普通に』労っている。

「……国民性か」

平民とか貴族とか、貧しいとか金があるとか、そういう様々な環境の子供を同じクラスに入れる弊害は絶対にある。

とはいえ、世の中、『弊害がない環境』の先に待つのは破滅が関の山だ。

苦労というより、『そういうものだ』という理解を得られる環境があるというのは、きっと幸せなことだろう。

「うーん……」

「どうした？」

「いや、ホーラスが使ってる技術なんだけど、なんか、ちょっと古いっていうか……」

「まあ、古いだろうな」

「え？」

「俺は、冒険者として、ゴーレムマスターとして、憧れてる男がいるんだ」

ホーラスは上着の内ポケットから一冊の本を出した。

かなり年季が入ってボロボロだが、その上で手入れされているのがわかるほどキレイである。

「それは……」

「百年前、そいつが書いた自伝だよ」

表紙を見せる。

著者の部分は汚れや破損でほぼわからない。

だが、本のタイトルははっきり残っている。

そこには、『冒険の書』と記されている。

「この中には、そいつが歩んだ冒険者としての記録や、ゴーレムマスターとしての発明の数々が書かれてるんだ」

「へぇ……憧れ。か」

「そうだ」

本を上着の内ポケットにしまった。

「本を読んでると……暗号が仕込まれてるのがわかってな」

「暗号?」

「ああ。それを解読すると……この世界は、二千年前に、とある五人によって簒奪《さんだつ》されたしある」

「とある五人によって簒奪……」

「解読した暗号によると、そいつらを倒すためには、ゴーレムマスターとしての力が必要なんだよ」

「へぇ……も、もしかして、ホーラスがゴーレムマスターとしてすごい技術を身に付けてるのって……」

「まあ、ここまで言えばわかるよな」

ホーラスは人差し指を口にあてて、『シーッ』と表現しつつ、ニヤッと笑う。

「さてと、そろそろ俺は帰るよ」

「え、こ、この流れで？」

「この流れでだ。あ、そうそう……」

ホーラスは最後に、エーデリカの方を見て言った。

「エーデリカも、今よりもっと凄い奴になりたいなら、何かに憧れを持つといい。世界っていうのは、いろんな奴がいろんなことに挑んできた歴史がある。そういうのを見るのも楽しいぞ。その上で決めるんだ。魔力は何にでもなってくれる。結局、自分次第だからな」

「……わかった。時間があればちょっと調べてみる」

「時間があれば、ですね！」

「横からうるさいわ！」

エーデリカとリュシアの漫才を見て、ホーラスは満足したようだ。

「あ、馬車の軸受けだけど、何か不備があったらいつでも来いよ」

「わかったわ！」

「わかりました！」

「フフッ、じゃあ、また」

良い表情で宮殿を後にするホーラス。

……本当に『良い』表情だ。それも当然。

長い間、王都をワンオペで運営し、その中でしょうもなくどうでもいいクレームを浴び続けてきたのだ。

それを考えれば、元気な子が元気そうにしているのを見るのは、癒されるに違いない。

第六話　ふとした稽古から、愚かな血は回りて

キンセカイ大鉱脈はカオストン竜石国に存在するダンジョンであり、そして国家運営によって成り立っている。

そもそもこの世界には造幣局などというものは存在しない。

大きなダンジョンをうまく運用することで、そこで組織的にモンスターを討伐する方法を編み出して、モンスターから得られる硬貨を集めることがある意味造幣局に近くなる。

技術力ではなく武力が金貨を生む時代。ともいえるが、間違いはない。

そのため、このダンジョンの扱いは竜石国にとって重要なもの。

もちろん、冒険者を多数抱える『冒険者協会』にとってもキンセカイ大鉱脈はかかわりたいダンジョンだ。

様々な交渉の末、ここで手に入った鉱石や宝石の素材アイテムを竜石国が優先して運用し、その代わりに冒険者が優秀な武器を買い揃えやすい体制を作るという契約のもと、冒険者も多く入っている。

ただ、冒険者協会そのものは圧倒的な組織であり、規模的には小国に分類される竜石国にとっては格上だ。

立ち回り方には気を付ける必要がある。

……一応、補足しておこう。

冒険者『協会』というのは、厳密な冒険者の行動のルールを決めたりする場所だ。言い換えれば、システム側、監査側ということになる。

そして、冒険者の中で、三人か四人で集まれば冒険者パーティー。

パーティーがいくつか集まれば冒険者チーム。

そのチームと商人や鍛冶師が提携し、人数が多くなれば冒険者コミュニティになる。

そして、この冒険者コミュニティが、外部からの依頼を受けて、それを解決するシステムを運用し始めると、『冒険者ギルド』となる。

要するに、冒険者コミュニティと呼ばれたラスター・レポートは、商人や鍛冶師を抱え、それ相応の規模になってはいたが、外部からの依頼をこなすシステムは持っていなかった、ということだ。

とはいえ、勇者コミュニティになった今も、冒険者コミュニティの延長線上にあることに変わりはない。

言い換えれば……竜石国にラスター・レポートが身を置いた時点で、この国において冒険者たちが調子に乗る土台が整ってしまったともいえる。

別に勇者コミュニティがすごいのであって、そんじょそこらのギルドに所属する冒険者など平凡でしかないが、人間などそんなものだ。

「師匠とラスター・レポートは、竜石国の政府から、ダンジョンをいつでも利用していいという許可を頂いています。そこで手に入る鉱石に関しても、完全に優先して利用できますから、このまま行きましょう」

「至れり尽くせりだな」

というわけで、ホーラスとランジェアはキンセカイ大鉱脈に向かっていた。

ホーラスが言った『整備』も終わったようで、ランジェアは天真爛漫な様子で楽しみにしているようである。

……が、ここで大鉱脈に向かう二人を阻むものがいた。

「おい、誰だお前は」

黒い鎧を身に着けた男だ。

背中に剣を背負っており、なかなかの業物だろう。

自信にあふれた表情であり、身長も高く……いや、高いが、ホーラスのほうが若干高いので、睨み上げる形になっている。

「彼はホーラス。私たち、ラスター・レポート幹部六人の師匠です」

「はっ？　こんな弱そうなやつが勇者様の師匠？　馬鹿なこと言ってんじゃねえ！」

「……私が嘘をついていると？」

「こんなひょろっとした奴が勇者を鍛えたなんて、バカな話があるか！　もしかしたら勇者様のほうが騙されてんじゃねえかと思ってきてみりゃ、案の定弱そうなやつだ。勇者様も、こんなやつは放って、俺のところに――」

自分に酔ったように言葉を続ける男。

だが、長くは続かない。

……ランジェアの背後に、銀世界の幻覚が見えた。

『おい、調子に乗るなよ？』

「あっ、かっ……」

『お前が何を考えてようが、何を妄想しようが自由だけどな。望むのにも限度があるんだよ。逆鱗に触れてるのがわからねえのか』

「お、俺は……」

ランジェアの圧倒的な威圧。

魔王を討伐するという世界最大の功績を為したというそれは、圧倒的な『圧力』を伴う。

至近距離で間近に受けたら、普通なら耐えられない。

そして……確かにこの男も、一般的に言えば弱くはないのだろう。

しかし、ランジェアから見れば普通と大して変わらない。

「そこまでにしておけ」

「んっ♪」

ホーラスがため息をつきながらランジェアの頭をなでると、威圧感が消し飛んでうれしそうな声を出した。

その威圧感が飛んだからか、男は腰を抜かして地面に崩れ落ちる。

「あんたの言い分も理解できるよ。こんな覇気のないひょろっとした奴が急に出てきて納得できないのもわかる。が……事実は事実だ。次はどうなるか俺もわからんから、あんまりちょっかいかけてくるなよ」

「……な、こ、こんな……」

「俺だって人に惨めな思いをさせたいわけじゃないからな。ランジェア、行くぞ」

「はい、師匠」

満面の笑みを浮かべて歩き出したホーラスについてくるランジェア。

……その笑顔は紛れもなく本物であり、邪魔することそのものが無粋だろう。

難癖をつけるということそのものが、軽いことだと思うものはいる。

しかし、そこに時折ある逆鱗には、気を付けなければならない。

★★★

当然のことだが、ランジェアは目立つ。

艶のある銀髪と魔性の美貌。

動きやすい服装をしているが、その中身はスタイル抜群。

しっかり鍛えているゆえに体幹が優れており、ただ歩いているだけで、劇場の中にいるかのような雰囲気を発している。

そんな彼女が、周囲をひまわり畑で囲んでいるかのような笑顔になっているとなれば、それだけですべてを魅了する。

そしてそれは、ダンジョンの中であっても変わらない。

「勇者ランジェアがダンジョンに入っていったぞ」

「史上最大の荒稼ぎになるかもしれねえな」

「いや、稼ぎじゃなくて、師匠との稽古って話だぞ」

「え？　勇者って師匠がいたのか？」

「そうみたいだ。ダンジョンでやるってことは、実戦形式かもしれねぇ」

「俺たちも見れねえかなぁ」

「いいみたいだぞ、その師匠が言うには、『邪魔しないのなら見ていても構わない』そうだ」

「じゃあ行くっきゃねえ！」

……とまぁ、そんな会話があちらこちらで出回っている。

稽古は元ボス部屋。

ボスが行動するために一定の広さがあり、ダンジョンは壁も頑丈なため、勇者であるランジェアが多少は暴れても問題ない。

そんな場所の中心部にランジェアとホーラスが立って、二人とも木の剣を持っている。

そして、その周囲には、大勢の観客がいた。

「すみません。師匠。こんなに人が多くなってしまって」

「別に構わん。見ていてもいいって言ったのは俺だからな……意外そうな顔だな」

「秘密主義だと思っていましたから」

「魔王から目をつけられたらどうしようもないからな」

「確かに」

魔王の力は完全な『男性支配』だ。

例外なく、男性はその力に囚われたら、もう二度と普通には戻れない。

ランジェアは常に最前線で戦っていただろう。

ただ、男性であるならば、秘密主義にならざるを得ない。

「「……」」

……二人の雰囲気が変わった。

そろそろ、実戦形式の稽古が始まる。

そう思わせる雰囲気が出てきたあたりで、無粋な『邪魔』が入った。

「フンッ！　貴様が勇者の師匠だと？　こんな弱そうな男に教わっていたとは、これでは勇者の称号が本物なのかも怪しい」

キレイに整えた金髪をなびかせる男が割り込んできた。

どこか、『貴族』らしい雰囲気すら感じさせる装飾過多な服を着ており、腰には業物の剣を装備している。

「……何の用です？」

先ほどまで喜色すら浮かべていたランジェアの顔が一気に無表情になった。

「平民が魔王を討伐し世界を救う。そんなバカバカしい話を信じているものが多い。ただ、優れた師から教わっているのなら多少は考慮してやろうと思ったが、こんな雑魚では話にならん」

男は両腕を広げて、酔ったようにセリフを吐く。

「ディアマンテ王国イーモデード伯爵家の長男にして、『シーナチカ教会』より聖剣を賜った俺、グオドル・イーモデードが、直々に化けの皮を剥いでやろう！」

「……？」

グオドルの言葉にホーラスは首をかしげている。

言いたいことがわからない。主義がわからない。

彼には彼なりの理屈があるのはいいとして、それが何なのかがわからないのだ。

「師匠、気にする必要はありません」

「いや、彼の主義がわからないんだが」

「単純です。『平民が、魔王を討伐すると期待されていた上流階級の人間が活躍する機会を奪った』と女々しく騒いでいるだけですから」

「ああ、そういう……」

「誰が女々しく騒いでいるだと!? ふざけるのもいい加減にしろ! 貴様のような軟弱な男が鍛えた平民が魔王を討伐できるはずがない! どうせ逃げられたか、なんらかの理由で魔王が身を潜めているから、それに乗っかって魔王を討伐したと吹聴しているだけだろう!」

グオドルが腰から剣を抜いた。

煌びやかな刀身がその姿を現し、圧倒的な存在感を放つ……はずだが、使い手が薄っぺらいことと、勇者がいるということもあって、どこか虚しいものだ。

「聖剣ガードマイトの力をその身に刻め!」

ダンジョンの中ゆえに、政府が関係する施設だが武器の没収はされない。

ダンジョンの中ゆえに、抜剣は邪魔されない。

だが、抜くタイミングをあまりにも間違えている。

「邪魔だ」

ホーラスがつぶやく。

次の瞬間、グオドルの体が吹き飛んだ。

まるで、巨大な『圧力そのもの』に突き飛ばされたかのように、体が吹き飛んだ。

「ごっ、あああああああっ！」

そのまま壁に激突して、地面に墜落。

「なっ、い、いま、何が……」

壁に強打したことで全身に痛みが走っている。

口が安定せず、グオドルは悶えながらつぶやいた。

「魔力は常に安定を求めている。体の魔力を瞳に集中させつつ睨んだりすると、それに恐怖した『空気中の魔力』は一斉に俺から距離を取ろうとする。魔力は周囲の空気を全て巻き込んで移動し、それが大きな圧力になる。それをぶつけただけだ」

「なっ……」

「お前程度、剣も魔法もいらない。睨むだけで十分だ」

それ以上は眼中になくなったのか、ホーラスは視線をランジェアに向ける。

「……威圧の本気度が強くなると、その人物に適した『色』が出るはずですが、先ほどは無色透明だった。聖剣を持ち、一応は剣士として教育を受けた人間を、軽く睨むだけで倒しますか。流石ですね。師匠」

「昔、ティアリスから『大砲みたいな眼光』と言われたがな」

「あながち間違いではありませんね。では……」

次の瞬間、ランジェアの周囲から青色の圧力が出現し、ホーラスから灰色の圧力が出現。

それらは一瞬で衝突し……ランジェアの体から三十センチ程度まで境界線が押し込まれる。

「……っ！」

「どうした？　これだけで近づいてこられないのなら、それ以上、お前を強くする意味もないぞ」

「っ！　参ります！」

剣を構えて突撃するランジェア。

圧力の真っただ中ではあるが、ランジェアの体が時折発光しているため、何らかの魔法を使って圧力からの影響を緩和しているのだろう。

そのまま突きを放ち……ホーラスは高速で放たれたそれを、つまんで停止させた。

というより、しっかりと突きを放ったにもかかわらず、ホーラスの手は一ミリも後ろに下がらないという、物理法則を無視したレベルに達している。

「随分軽いな。手紙で伝えたはずだぞ。『魔王はいなくなったが、まだまだ戦わなければならない場所がある』とな。男性支配の力を持つ魔王がいなくなった今、必要なら俺がやるが、鈍りすぎだ」

「……師匠。強くなりすぎでは？　以前の百倍ではすみませんよ？」

「……ごめん」

ホーラス側の物差しがかなり狂っていたっぽい。

が、稽古は稽古。

「ま、どんどん来い。時間はまだまだある」

「はいっ！」

次々と繰り出される斬撃。

それを軽くさばきながら、ホーラスはランジェアに稽古をつけている。

第七話　おおよそ、無自覚を超える滑稽はない

「師匠に有効打が一発も当てられませんでした……」

ラスター・レポートの屋敷にて。

ランジェアはリビングのテーブルにぐったりと沈んでいた。

そんなランジェアに紅茶とお菓子をティアリスが用意している。

「……もしかして、素のスペックで？」

「そう、全身が質の高い魔力で安定しすぎですね。あんなの無理。師匠は骨をゴーレム化させていて、それを稼働すれば倍どころじゃない戦闘力になりますが、かけらも使ってません」

はー……とため息をつくランジェアだが、別に不満を抱えているわけではないようだ。

「そこまでの強さになっているとは、フフッ、凄い人ね」

「とてもすごい経験を積んで……というより、避難民が押し寄せてくる王都のシステムをさばききっていたのですから、経験値がすさまじいのは理解できますけど」

一人で何十人分働いていたのか、想定すらできないレベルだ。

最低レベルを語るならば、ホーラスは普通の人間の十倍以上の動きができるゴーレムを五百体以

上同時に動かせるわけで、単純に考えれば普通の人間の五千人分だ。

では、広く、避難民がなだれ込んでくる王都は五千人という人数でどうにか管理し、必要な物資を用意できるのかとなれば、そんなことはない。そんなことはあり得ない。

食料を作り、そして輸送するための魔道具をいくつも作り、それを格安で輸送する必要があるため、実際にホーラスがその力を発揮した範囲は圧倒的だろう。

これを無休でやっていたわけだが、ホーラスも貴族たちとは別の意味で頭がおかしい。

「良いことよ。私たちがずっと頼れると思っていた背中は、今もずっと大きいまま」

「そうですね。旅の途中、何度も困難はありましたが、いざとなれば泣きつきに行けばいいと思えば、一度、敵にぶつかってみる気にもなります」

「それで実際に突破してしまうのも脳筋過ぎるけどね」

「それはそれでいいんですよ」

魔王が男性支配の力を持っていたがゆえに、実力のある男性はいずれも身を引く必要があった。

もちろん、直接見たり、声を聞いたりしなければ影響はないのだが、だからと言って油断できるわけではない。

だからこそ、どうしても裏に、後方にホーラスはいた。

そして……頼れる人が後ろにいるというのは、旅を進める中で、とても大切なことだ。

「そういえば、イーモデード伯爵家？　の長男が絡んできましたね」

「イーモデード……ああ、何かで見たと思ったら、債務者リストにいたような。金貨二千枚だったはず」

「えっ？」

ティアリスの説明にランジェアは耳を疑った。

なお、金銀銅の硬貨は全てがモンスターから出てくるものだが、エネルギーとして魔道具に使う場合、銀貨は銅貨の百倍。金貨は銀貨の十倍となる。

このエネルギーとしての価値はそのまま貨幣としての価値につながる。

そのため、世界共通で、一金貨＝十銀貨＝千銅貨となっている。

食料がある程度豊かな国ならば、シンプルなパンなら銅貨一枚。一食分なら銅貨五枚で満足する量が食べられる。

ディアマンテ王国の場合、大体銀貨五枚あれば一か月の生活費になる。まあ、税金でいろいろ引かれるのでそれプラスで稼いではいるだろう。

経済規模と人口の比率的にも、カオストン竜石国においてもそこはあまり変わらない。

「金貨二千枚って、どういう金額？」

「イーモデード伯爵家の年間予算の十倍くらい」

「ああ、そう……」

「とはいっても、あの辺りは産業が乏しいから、予算はほぼ全部使い込んでて、長男が聖剣を使えるから伯爵家に格上げされたって聞いてる」

「そういうことですか」

要するに、活躍しなければならないのだ。

モンスターを討伐することで金が手に入る。これがこの世界の鉄則。

魔道具の魔力使用効率を高めたり、そもそも魔道具に頼らない事業で領地を豊かにしたりするなど、やり方は様々だが、すでに魔道具開発の基礎部分が広く知れ渡っているので、どうしても世の為政者や経営者はこれに頼る。

近くにモンスターを多く抱えるダンジョンがない領地というのは、産業が乏しい。というより商人が寄り付かないのだ。

技術を開発して秘匿したり、まだ全貌が明らかになっていない未踏の地から植物の種でも持ち帰って栽培したりと、『独自性』を確保する方法もまた様々だが、それをするのにも金はいる。

聖剣という、多くのものにとって貴重で希少な剣を手にしたことは確かに評価できる点であるが、別に聖剣があっても小麦は育てられないので、結局重要なのはモンスター討伐だ。

「何故、この国に?」

イーモデード伯爵家はディアマンテ王国の貴族だ。

聖剣があるのだから、近くのダンジョンやモンスターが生態系を作っているエリアに行って稼ぐのならともかく、何故竜石国に来ているのだろう。

「私たちがこの国に身を置く話は少しずつ広まってるし、そうなると、私たちが住む場所は宝都ラピスになる。まあ、難癖をつけたいなら、この宝都に来るのもわかるけど……」

「暇なのでしょうか」

「暇でしょうね」

魔王がいようがいなかろうが、結局、モンスターを討伐することで人が貨幣を得ている以上、武力は必要である。

ただ、モンスターを倒しに行かなければ何も手に入らない。

それをせずに難癖をつけに来ている以上、暇なのだろう。

あるいは、すでにダンジョンやモンスターが住むエリアで大きな失敗をしている可能性もある。

「一つわからないのは……これから多くの『特例』がなくなり、借金はしっかり返済しなければならなくなったのですから、王族が貴族に対する予算を減らしたいと思うはず。なんであんなに余裕なのか……」

「家の借金を知らないのでしょう」

「そんなことがあるのでしょうか」

「よくある話ですよ。よくある。ね」

どこか懐かしさすら抱いているような笑みを浮かべるティアリス。

その笑みに対して、ランジェアは追及しなかった。

その代わりと言ってはアレだが、まだランジェアには疑問に思う部分があったようで。

「あと、もう一ついいですか？」

「どうしたの？」

「屋敷に帰ってきたら、お菓子や果物が入った箱がたくさんありましたが、あれはいったい何があったのですか？」

「あら、知らないの？」

「何が？」

「魔力パイプの動力部のメンテナンスをしたって言ってたでしょ」

「そうですね」

「その影響で、都市への魔力の供給効率が良くなり過ぎたのよ」

「なり……過ぎた？」

「そう。その影響で、今までの二割か三割くらいで済むようになったみたい。ついさっきくらいに、宮殿からの公式発表があって、税率がかなり低くなるのよ」

魔道具の魔力効率は、そのまま予算に、税率に直結する。

モンスターから硬貨を得て、その硬貨を使って大規模な魔道具を動かすのがこの世界の貨幣と技術の関係だからだ。

ただ、魔道具の芯となる部分に発光液を付けた場合に白くなるのが良いとされる中で、長い間、都市を支えるために使われてきた大型の魔道具はその芯が真っ黒になっており、白くする方法は現代ではほぼ存在しない。

それを全て純白に変えてしまうほどの技術力は、国家予算に直結する。

「そんなことが」

「税率が低くなった経緯も一緒に公表されたから、そのお礼みたいなものね。師匠と一緒に食べてって、お菓子や果物がたくさん来たのよ」

「そんなに税率が低くなるのですか？」

「職業によるけど半分以下になるわ」

「……ため込む、といったことは考えないのですか？」

「ため込んだうえで、ということみたいね。資料を見てびっくりしたわ。竜石国って、国家予算の透明性がかなり高いわね。大々的に公表されてるわけじゃないけど、調べようと思えば結構簡単にわかったわ」

「……国民性。ですね」

「そうね。ただ、多分師匠は、そこまで国民が感謝してるとは考えてないと思うわ」

「そうでしょうか」

「長年、必要だからという理由だけで、ディアマンテ王国の王都の城に引っ込んでいたくらいだから、感謝なんてされなかったはずだわ。どれほど働いていても、どれほど凄いことをしていても、褒められないし感謝されない。そういう時間が圧倒的に長いんだから、わからないはずよ」

「感謝されるほど凄いことをしていたら、魔王から目を付けられるということは事実ですが……世の中、思うようにはいきませんね」

「私が観察する限り、師匠には師匠なりに、この国に協力する目的があるわ。ただ、師匠個人の実利だけで考えられている可能性が高いはず」

「感謝されることを無意識ですら期待していないと……私たちが言うのもアレですが、苦しい話ですね」

「そうね……まあ、ここから先は、『そんな暇はなくなる』と思うけど」

「？」

ランジェアは首を傾げた。

ランジェアが理解しているのは、ホーラスの技術と、それによって豊かさや利便さを得られるという点のみ。

そもそもラスター・レポートというコミュニティは、『移動拠点』を用いてこれまで旅を続けていたが、その移動拠点を作ったのはホーラスだ。

ゆえに、ホーラスの技術力が持つ豊かさは理解している。

理解していないのは、『勇者』という名前の重さ。

パワーバランスや力関係に対する嗅覚がないゆえに地雷を踏む人間は何処にでもいるが、ランジェアもまた、その嗅覚が優れているわけではない。

だからこそ、勇者である自分が喧嘩を売られたという、その状況がもたらす社会的影響がわからない。

確かに、勇者という価値を舐めている者はいる。

だが、その価値と重さを理解している者もいる。

よって、これから起こる多くのことは、全てがその『無自覚』に起因する。

★★★

「このバカ息子が！　いったい何を考えている！」

竜石国に存在する高級宿屋。

そこでは、グオドルが父親であるガードール・イーモデードに怒鳴られていた。

「何をと言われても、以前、父上もおっしゃっていたでしょう。アイツらが平民なのに魔王を討伐したと嘘を広めていて困っていると」

「だからと言って直接難癖をつけるバカがあるか！　我がイーモデード伯爵家はラスター・レポートに金貨二万枚の借金をしているんだぞ！」

「なっ、金貨二万枚⁉」

ティアリスは二千枚と言っていたが、実際は桁が一つ多いらしい。

要するに、伯爵家の年間予算の百倍の借金をしていたということだ。

……端的に感想を言えば、非常事態という建前ってすごい、といったところだろう。

「魔王が討伐され、借金は返さなければならない。既に金貨十万枚以上の援助金を受け取ったうえでこの借金だぞ」

「な、なら、アイツらに魔王を討伐していないと認めさせればいい！　これで、また世界は有事の際になって、特例で借金を……」

「勇者が魔王を討伐したと認めているのは世界会議だぞ！　世界を相手にそれを言えるのか！」

「そ、そんな……」

顔が青くなるグオドル。

「マズイ。これはマズイぞ。金利を下げてもらう交渉をするはずが、これで絶対に下げられなくなった……」

「せ、聖剣を持つ伯爵家だぞ。王家だって金を出してくれる！」

「バカを言うな！　王族から伯爵家への年間予算は金貨二百枚。金利が一年で一パーセントだったとしても、その金利分しか払えないんだぞ！　お前はわかってるのか⁉」

「……」

何も知らなかったグオドル。

彼も、『これまで王家から金が入ってきていたから贅沢ができていた』という認識くらいはあるだろう。

だが、年間で金貨二百枚の『貴族予算』と呼ぶそれを使わなければ、領地の運用ができないのがイーモデード伯爵家だ。

そして、その予算をすべて使っても金利の返済しかできない。

先に何が待っているか。答えは単純。『破綻』だ。

「そ、そんな大金。何に使って……」

「ほとんどは聖剣の利用代金だ」

「なんでそんな……」

「シーナチカ教会もまた、ラスター・レポートに多額の借金を抱えており、それを返済する必要があるから、いろいろな国から搾り取っているのだよ」

「嘘だろ……」

顔が真っ青のグオドル。

「もはや、『ラスター・レポートから供給される金貨で世界が維持されていた』と言っても過言ではない。そして、その『勇者コミュニティのトップ』に難癖をつけたのだ」

ガードールの言葉がスルッとグオドルの頭に入ってきた。

「うっ、うあああああああああああっ！」

グオドルはそのまま部屋を飛び出していった。

「お、おい！　どこに行く！　待たんか！」

グオドルは部屋を飛び出す直前、聖剣の柄を握りしめていた。

ガードールが必死になるのも当然である。

第八話　焦燥の果てに

宝都ラピスに存在する屋敷。

そこは『勇者屋敷』とも言える場所だ。

なお、本来なら大きな屋敷を運用するにはそれをどうにかするだけの使用人が必要だが、ティアリスのような『メイド』がいることからわかるように、ラスター・レポートは『使用人チーム』も抱えている。

とはいえ、現在はホーラスとランジェアとティアリスの三人しか使っていないので閑散としている。

ホーラスはそんな勇者屋敷に帰ってきた。

頑丈な袋を抱えており、金属音がしている。

キンセカイ大鉱脈の元ボス部屋でランジェアに稽古をつけた後、一人で奥に進んで鉱石を採りに行っていたのだろう。

本来、『奥』に入るためには竜石国に多くの貢献をしていることが求められるが、すでに許可証を貰っているので普通に出入りしてきたようだ。

……ただ、そんなホーラスに向かって、焦燥に満ちた様子で近づいている青年がいる。

腰に装備した聖剣の柄に手をかけているグオドルだ。

「おいっ！」

「んっ？」

グオドルが叫んで、ホーラスは振り返った。

「お前の弟子が、イーモデード伯爵家に金を貸していて、その量が莫大だ。お前から、それを帳消しにするよう命令しろ！」

「……」

ホーラスは少し黙った。

というより、彼はラスター・レポートが誰かに金を貸していることを知らなかったのである。

いや、予想しようと思えば予想できたが、そもそも金回りの話は本人たちでどうにかする問題だと考えていたため、ホーラスは関与していない。

ただ、グオドルの表情を見て、本当に『ヤバい金額』なのはホーラスも理解した。

「確かに、俺が言えば、アイツらは契約書をその場で燃やすだろうな」

「だったら、早くアイツらに――」

「ただ、お前たちが借りた金は、アイツらが魔王を討伐する旅の中で、どこからも援助を受けずに強大なモンスターを倒して手に入れたものだ。それを棒引きするってことは、アイツらの歩みを否定することになる」

「うるさい！　俺は世界最大の国家の、伯爵家の長男だぞ。その俺が命令してるんだ。聞くのが平民である貴様の義務だ！」

聖剣を腰から抜いた。

それを迷いなくホーラスに向ける。

グオドルの眼はギラギラと歪《いびつ》に輝いており、正気ではない。

が、ホーラスは少しだけ睨みつつ……。

「ストップ」

そう、つぶやいた。

……次の瞬間、グオドルの体は動かなくなった。

呼吸が荒くなりながらも、グオドルは体を動かそうとする。

しかし、まったく動かない。

全て、一ミリも動かない。

「……え、か、体が、あ、え……」

「ダンジョンの中でも言ったが魔力は安定を求める。人間の体は物理次元とは違う場所に魔力を保管しているが、聖剣は体に大量に魔力を流すことで強化している。威圧して『俺の言うことを聞かせる』だけで、金縛りみたいなことも可能なのさ」

「うっ、かっ、あぁっ」

「俺の威圧を振り切る『圧力』を生み出せる奴だけが、聖剣を使いながら俺の前で動ける。俺はゴーレムマスターだ。俺にどんな難癖をつけようと気にしないが、ゴーレムを使うまでもない奴が、俺の敵を名乗るな」

ホーラスは右の掌に『はーっ』と息をはいて、拳を作ってゆっくりとグオドルに向かって歩く。

「い、いや、ま、待て……」

「お前さ。痛い思いってしたことないだろ。だからわからないんだよ。『痛いのは嫌』ってのがな」

「や、やめろ、やめろっ！」

「人の話を聞かない愚か者には、鉄拳以外の薬はない。歯を食いしばるのも無理か。とりあえず一発。『完全に無抵抗でブン殴られろ』」

ホーラスは拳を振りかぶると、そのままグオドルの顔面にそれを叩きつけた。

「ごああああああああああああああああああああっ！」

そのまま後ろに吹っ飛んで、地面をごろごろ転がり、砂埃を巻き上げた後で停止し……気絶した。

「……はぁ」

ホーラスがため息をつくと、屋敷からランジェアが飛び出してきた。

「師匠！　先ほど聖剣の気配が……あっ」

門の外に出て、遠くで顔を変形させて気絶しているグオドルを見て、すべて察したようだ。

「鉄拳制裁《ゴーレムパンチ》……ということですか」

「そうだ。体をいじりまくってるから、普通に殴っても俺の場合はゴーレムで殴ってるようなもんだからな……で、ああいうやつらは殴らんと再発防止にならんだろ」

門をくぐって、屋敷まで続く道を歩きながら、ホーラスはあきれ顔でいた。

「そ、その、師匠。グオドルからいろいろ言われたと思いますが……」

「別に気にしてないさ。王都をワンオペしてると、一日に何百件も要求やクレームが殺到するんだ。あの程度の言いがかりを一々気にしてたら発狂するわ」

「そんなに来るのですか？」

ランジェアは驚いている様子。

とはいえ、最前線で戦い続けた彼女に、王宮の雑用のことなどわからない。

「あー。ディアマンテ王国って、本来、城の勤務は貴族だけだろ？　だから、平民は文句を言いに来ないんだけど、『魔王特例』の影響で『職員を平民がやってる』状況になると、反動で急にいろいろ言ってくるんだよ。『同じ平民なのに俺たちの血税で食ってるんだから俺たちの言うことを聞け』なんてふざけたことを……いや、これはいいか」

「？　……なるほど、職員が平民となり、『問題を解決する役職』ですから、様々な意見を持つ人が殺到してくるというわけですか」

「ディアマンテ王国にはあの『アンテナ』があったし、立地的に避難民を抱えやすいし、仕事だからやってたけどな」

ホーラスは、先ほどグオドルを吹っ飛ばした方角に少し視線を向ける。

「許す許さない以前に、言いがかりを気にしてないって感じだな。ただ、それだと相手が調子に乗るだろ？」

「乗っている人がいたと顔に書いてますよ。師匠」

「まあ、そうだな。『王都にある娼館を全て潰せ』なんて言ってくる奴もいたよ。適当に流してたら大人数を巻き込んで押し寄せてきた。許されるなら殴りたかった」

「それはまた……」

「美貌で男性支配をする魔王がいるんだし、『性欲』っていう概念を扱う商売に嫌悪感を抱くのはわかるんだが……人間はこういう社会的な問題が発生した時、すぐに極端な結論に向かうからな。『極論に呑まれるな』ってことを理解するのが大事なのに、何極端な理屈を吹聴してんだって思ったよ。マジでしばきたかった」

「く、苦労されていたんですね」

「ああ。『極論に酔える奴は人生楽しそうにしてる』ってのは、あの王都で一番学べたよ。美貌の魔王に絶対の愛をささげるのも、性欲を扱う商売を廃止すべきって風潮も、大して変わらんなって思った」

本当に疲れている様子のホーラス。

「……王宮で解雇された時、魔王はもういないのですから、師匠が秘密主義を貫く意味がない以上、話してもよかったはず。誰にも言わなかったのは……」

「さすがの俺も愛想が尽きた」

魔王を討伐するため、女性を鍛える必要があった。

『狂信的な愛という極論』を掲げる魔王の配下を倒すには、それが必要だった。

ただ、そんな前線のことはともかく、王都にも、『性欲を扱うことの全否定という極論』が風潮として広まっていた。

二つの極論に揉まれながら魔王の討伐への道を作るというのは、人間を愛しているか、魔王の存在が邪魔な決定的な理由があるかのどちらかだろう。

王都にいる人間に愛想が尽きたホーラスは後者であり、単に魔王が邪魔だっただけである。

「まあ、グオドルに関してはさすがに酔いも醒めたろ。しかし借金ねぇ……魔王討伐後のごたごたの中で、よくもまぁ……」

魔王の力は男性の絶対支配。

その侵略の中で、滅んだ国はいくつもある。

世界会議の常任理事国は七つの席があるが、そのうち六つは、顔触れが変わったほどだ。

それほど世界が変わった中で、借金という、『復興を阻害する要因』を設けているとは。

「幹部全員で話し合った結果です。大雑把に言えば、魔王討伐後のゴタゴタの中だからこそ、『調子に乗る人間』を制御する必要があります。その場合、金の話でマウントを取るのが手っ取り早いだけです」

世の中がどうなっていても、『自分は贅沢をする権利がある』と勘違いするものはいる。

だからこそ、多額の借金という『絶対的にマウントを取れる状況』を作った。

とはいえ、もともとあちこちにばらまきまくっている『援助金』が多いことも事実。

イーモデード伯爵家に関しては、すでに伯爵家への貴族予算の千倍の金額が援助金として送られている。

要するに、『莫大な援助金』をしっかり『設備投資』や『公共投資』に使っていれば、流通網が大きくなって金も入ってくる。

しかし、この援助金で肉や酒ばかり買ったものは、この先、『返さなければならない借金』に苦しめられると……。

まだまだ若い少女ばかりのラスター・レポート幹部だが、意外と腹の中は黒い。

「それに、私たちは金を貸していますが、今のところ、強く返済を催促しようとは考えていません。が、『全財産を払っても足りないほどの金額』であり、彼らが『最悪の未来を想像する』ので勝手に困っているだけです」

「イーモデード伯爵家に関しても、ランジェアとしては『勝手に困ってる』と？」

「そういうことです。別に催促状を送ったことはありません」

「……」

昔よりえげつなくなったな。

そんなことを思うホーラスである。

第九話　唸り声が続く王都の執務室

ホーラスがグオドルを鉄拳制裁したころ。

ディアマンテ王国の王都では、緊張感が漂っていた。

「やっていることが多過ぎる。これを一人でさばききっていたというのか？　世界最大の国家であるディアマンテ王国の中枢を、一人でだと……」

痩せこけたバルゼイルは執務室で唸り声を出していた。

……この手の状況になった場合、『机の上が書類山脈になる』というケースも考えらえる。

なんせ、一日に何百件も要求やクレームが来るのだ。

もちろん、国王であるバルゼイルが関わらなければならない案件など、平民のクレームの中にあるはずもない。

しかし、事情を把握するためには、数多くの報告書を確認する必要がある。

だからこそ、書類が数多くできてしまう。

……はずなのだが、バルゼイルの執務室に送られた報告書は、とても少ない。

「ハハッ……まさか、報告書を作るための紙すらまともに調達できんとは、堕ちたな。この町も」

そう、紙がない。

そんなトイレでしか使わないようなフレーズが実際に発生している。

何百件と来るクレームを一々紙に書いてまとめておくなど、ホーラス一人にできるはずもない。

確かに作業面はゴーレムに任せまくっていたが、『文字を書かせる』というのはなかなか難易度が高いのだ。

そのため、記録媒体は紙以外のものを使っていた。

数多くの作業がマニュアル化されて効率的なものになっているが、当然そのマニュアルも紙以外の媒体に全て収めており、現在はホーラスが持っているので、誰もノウハウがない。

「王都全域の据え置き魔道具の動作が不調。おそらく地下の魔力供給所の整備不足なのだろうな」

バルゼイルとしてはため息をつくしかない。

都市に住む人間に便利な生活を提供する据え置きの魔道具だが、これは城の地下にある魔力供給所がきちんと整備されていることで力を発揮する。

だが、その整備をしていたホーラスはもういない。

もちろん、この整備を城にいる錬金術師に任せればいいだけのことだが、圧倒的に技術し経験が足りない上に、全てをホーラスに任せていたゆえに感覚が全くつかめていない。

「いや、錬金術師に関してはそれ以前の問題か。貴族出身で城に勤めている錬金術師のほしんどは、技術ではなく話術で取り入ることばかり鍛えている。それで技術が育つわけがない」

錬金術師が錬金術ではなく話術を鍛える。

良いか悪いかという議論をすれば『悪いに決まっている』のだが、それが長い間まかり通ってきた。

理由は単純で、それが『最適解』なのだ。

平民に押し付ける。言い換えれば、ホーラスが動かすゴーレムに押し付けるだけで、彼らは仕事をしていたのと同じなのである。

だが、それでも自分が仕事をしていたように見せかける必要があるのだから、当然、鍛えられるのは話術だけだ。

もとより、本音では何も言わず皮肉という武器を使って社交界で踊るのが貴族という生き物なのだから、『現場』がわかるはずもない。

「馬車の軸受けを交換しようとしたら、まったくその部品がない。これは馬車の出入りを完全に把握していたホーラスが、必要に応じて用意していたのか」

国力というのは基本的に輸送力と比例する。

手先が器用だとか、上手くシステムを組めるだとか、強いモンスターを倒せるだとか、そんなものはいずれも相関関係はあれど因果関係はかなり薄い。

国力という広い視点に立った時、もっともそれに直結するのは『輸送能力』である。

健康的な馬と高性能な車輪と走りやすい道。

それらをいかに用意できるかがこの世界で一般的な輸送能力の分野で求められる。

そして、摩擦が極端に少なく、小さい力で大きな力を動かせる『最新式の軸受け』を作り、それを管理していたのはホーラスだ。

「ここまで性能の高いゴーレムを作れるのだ。市場に滅多に出回らない『異空間収納』の魔道具くらい持っているはず。その中に軸受けを用意していて、必要な時に取り出す。うらやましいというかなんというか」

ホーラスは異空間に無機物を収納できる魔道具、『アイテムボックス』とも呼ばれるゴーレムを自作している。

そのため、『現実』に倉庫を必要としない。

情報も現物も、ありとあらゆるものを『自分』の中に保管する。

要するに、交換するための部品が『足りない』のではなく『まったくない』のだ。

そして、物体というのは精密になればなるほどメンテナンスを必要とする。

それらを長期的に扱うための技術もまた存在するが、『所詮は特例で城に転がり込んだ平民が用意したもの』であるそれらの馬車を丁寧に扱う貴族や大商人がいるのかという話だ。

予備を持とうともせず、現物を使って研究することもせず、ただただ、用意されたものを湯水のように使う。

これで『計画性』を語るのなら、そいつの心臓は筋肉ではなく妄想で出来ているだろう。

「陛下!」

「どうした」

部下がノックもなしに入ってきたが、それを叱る元気もない。

「城の敷地内に設けられた『一般開放スペース』の平民たちが、問題が解決されないことに苛立ちをつのらせています。このままだと、暴動になる可能性も」

「……そうか」

バルゼイルはどこか諦めたような顔つきで、部下に言う。

「こう言いに行け、『平民は自分の悩みを平民たちだけで解決せよ。城に持ち込むな』と」

「そ、それでは……」

「それを解決する人手はない。反対するなら、お前には十人分働いてもらい、できなければ厳罰とするが?」

「し、失礼しました! すぐに平民を追い出します!」

部下はどこかホッとしたような様子で部屋を出ていった。

そんな部下を見て、バルゼイルはつぶやく。

「魔王が出てくるまではそうだったのだ。それを戻すだけだ……と思うことができればよかったのだがな」

ホーラスの影響で、王都は流通網、生活レベルにおいてかなり『便利』である。

ゴーレムマスターというのは言い換えればマジックアイテムの運用に長けているわけで、それがもたらす『豊かさ』の影響で、王都は避難民を抱えても問題がなかった。

しかし、もうホーラスはいない。

彼がいなくとも動かせるマジックアイテムはそのまま使われているが、彼の『指令』がなければ動かない魔道具は多い上に、研究室に持ち込んでも解析が進まない。

文字通り、ホーラスは化け物だったのだ。

バルゼイルは様々な資料を集める中で、気が付いていることがある。

それは、『便利』という言葉の本質と、それにホーラスは気が付いていた、ということだ。

便利の本質は、『自動である』ということ。

望む結果があり、自分がどれほど、考えず動かず達成できるか。

その『自己負担』を軽減する度合いが多ければ多いほど、人は便利と感じるのだ。

その原理をよく理解しているため、ホーラスは『便利』なものを実際に作れる。

だがその便利の本質は、ホーラスがいなければ成立しない話が多い。

「魔道具とゴーレムの最も大きな違いは、使う人間によって性能が異なるかどうか。魔道具は魔力さえ足りていれば誰が使っても同じだが、ゴーレムは使う人間によって性能そのものが異なる。はぁ……クビにすればこうなるのも当然か」

バルゼイルが語ったように、魔道具の性能は利用者の技術を問わないが、ゴーレムの性能は利用者の技術力を要求する。

要するに……ホーラスという『ゴーレムマスター』に頼っていたこの王都という空間は、ホーラスがいなくなれば、彼に匹敵する『ゴーレムマスター』を用意する必要が出てくる。

しかし、そんな人材はいない。

いないからこそ、この王都は今、『全てが足りない町』に成り下がったのだ。

「平民が多くなりすぎた。それを管理する人間がいない。どうするかな……」

避難民に爵位などないのだから、全員が平民だ。

そして、その数が莫大なものになっている。

この数年で王都そのものは拡張されて広さは増しているが、それをもってしても、人口密度がほかの町と比べてかなり高い。

「とにかく、食料の搬入は滞りなくさせなければ。これが途絶えると、『世界最大の王都』の名が廃る。勇者の師匠に逃げられた失態に加えて、『最大』の称号まで捨ててたまるか」

バルゼイルは少ない書類を仕上げようとペンを取り……。

「陛下！　大変です！」

「なんだ」

「イーモデード伯爵家の長男、グオドル・イーモデードが、勇者の師匠に接触、『借金を帳消しにしろ』と命令し、その場で殴り倒されました！」

「勇者の師匠を敵に回す気か！」

自国の貴族の嫡男が殴られたという報告だが、バルゼイルは『傷害罪』という言葉が頭に浮かぶことすらなかった。

借金を帳消しにしろなどと、世界を救った勇者への『暴言』としてあまりにもヤバすぎる。

むしろその場で、『暴言』の対価の支払いが殴り倒されただけで済んだ、ということにどこか安堵《あんど》しているくらいだ。

「勇者側からはなんと？」

「今のところ要望はありません。ただし……イーモデード伯爵家の借金は、金貨二万枚。その一パーセントの二百枚を支払うだけで、イーモデード伯爵家の『年間貴族予算』は吹き飛びます」

「あの地は大した産業はなかったな。確か、聖剣があるからと伯爵位を与えたが……」

今までイーモデードが伯爵家ですらなかったにしては、バルゼイルは頭の中からすぐに情報が出てきている。

「……金貨二万枚。用意する」

「えっ？」

「国庫から金貨二万枚を出せ、それでイーモデード伯爵家の借金を返済せよ。イーモデード伯爵家の財産は、最低限の金を持たせてあとは王家で没収。辺境に追放とせよ」

「ほ、本気ですか？」

「ガードールには借りがある。でかい借りがな」

「でかい借りとは……」

「もう十二年も前か。ディアマンテ王国の最東端で発生した『迷宮氾濫』の時、随分無理をさせたのだ。ガードールの活躍がなければ、大きな失態を犯した私は王太子ではなくなっていただろう。

だからこれで済ませる。良いからいけ」

「はっ！」

このタイミングでの金貨二万枚。

とてつもなく大きい。

だが、ここで勇者に謝罪の意思を見せなければ、後がない。

部下が部屋を飛び出したのを見て、ため息をつく。

「……もうこれ以上、誰も調子に乗るな。と言っても無駄か」

王国の真理を突くようなことをつぶやくのだった。

★★★

イーモデード伯爵家の長男が勇者の師匠に暴言を吐いて殴り倒された。

これを放置してしまうと、王国そのものが国際社会で非難される可能性もある。

国王バルゼイルはイーモデード伯爵家当主への『借り』もあるため、王の予算から借金を返済、伯爵家は最低限の資金を残して財産を没収し、本人たちは辺境への追放となる。

イーモデード伯爵家の借金は金貨二万枚。

どうあがいても伯爵家だけで返せるわけがない。

……ここまで借金が膨らんだ大きな理由は、『冒険者の死亡率』だろう。

ラスター・レポートという勇者コミュニティは、魔王を討伐するまでは『冒険者コミュニティ』であり、強大なモンスターを倒すことで多額の資金を得て、それを貸し出していた。

言い換えれば、『何かの事故で死亡する可能性が高い』ゆえに、返済する必要がなくなる可能性が高いのである。

まあ、膨らんだ理由はともかく、王都に存在する冒険者ギルドに頼んで『応接室』で勇者コミュニティメンバーとの席を作ってもらい、そこに金貨二万枚が届けられた。

イーモデード伯爵家の借金の返済として払われ、領収証も発行され、正式に借金は返済され、通信魔道具でそれはランジェアたちにも報告され、当然、ホーラスも知ることになる。

★★★

「陛下！　大変です！」

「……今度はなんだ」

「これを！」

部下が持ってきた資料を受け取りつつ、バルゼイルは嫌な顔をした。

そして、読み始めて数秒。

「な、なんだこれは！　あいつらはいったい何をやっている！」

とんでもないことが資料に書かれている。

「伯爵家の息子が各地の勇者コミュニティ関係施設で暴言を吐き、暴行が発生だと⁉　あいつらはこの国を終わらせる気か！」

「い、一応、彼らの関係者から話を聞きだしました」

「何と言っていた」

「それが……イーモデード伯爵家の嫡男が、勇者の師匠に聖剣まで抜き、それが殴り返されただけでその場は済んだこと。そして、伯爵家の借金の返済と、当主と長男の辺境への追放で『一件が収まった』ことで……」

「ことで？」

「プライドの高い子供を抱える伯爵家を借金の連帯保証人にして、息子を煽って暴言を吐かせて問題を起こし、陛下が返済と謝罪を示すことで、伯爵家がいくつか潰れるだけで借金の問題が解決すると……」

「あいつらは私を馬鹿にしているのか！」

実際に資料を読めば、暴行に至った子供は逮捕され、それぞれの伯爵家に対して抗議文が送られており、その対応に追われている。

「……どのみち、私が頭を下げなければ解決しないか」

「抗議文の中には、『王国は勇者コミュニティに敵対を示したのではないか』との文言も……」

「どうしてこのようなことが起こっている！」

「それが……」

「何か知っているのなら言え！」

「へ、陛下が金貨二万枚を用意する文書を作成した後、どうやら公爵家を筆頭とした『勉強会』があったそうで……」

「それで、全員がこんな愚行に乗ったのか。アイツらはここまで愚かだったのか！」

バルゼイルは怒鳴る。

もちろん、部下に言ったとしても無駄なことはわかっている。

だが、それでも怒鳴らずにはいられなかった。

最悪の選択。

だがしかし、『勇者に頭を下げて有効となる価値』があるのは、そんじょそこらの貴族の当主ですら格が足りないのはわかりきっている。

魔王討伐を成し遂げた勇者という称号。

それを軽く扱うことは許されない。が、それを理解しない者があまりにも多すぎた。

「勇者という称号の重さが、アイツらにはわからなかったのか！」

机に拳を振り下ろすバルゼイル。

だが、吠えたところでどうにもならない。

「……くそっ、何故、こんな判断ができる」

手ごろな伯爵家を連帯保証人にして、その子供を煽って暴言と暴行を発生させ、バルゼイルが謝罪と王家の予算からの返済を行い、問題を収める。

そう。

イーモデード伯爵家の一件の表面を分析できるものが、賢《さか》しくも愚かな頭脳でその理論を導いたのだ。

そしてその考案者が公爵にかかわる人間にいて、『勉強会』が行われたことでこのような愚かなことが各地で発生したのである。

莫大な借金を抱えているというモヤモヤした状況から脱却したい。

実際に今回の関係者が抱えているのはそんな浅ましい理由に過ぎないだろう。

「暴言と暴行が発生する前、公爵家の人間はこう言っていたそうです。『手ごろな伯爵家を捨てるだけで『万事解決』する素晴らしい策だ。平民しかいない浅学なコミュニティよりも、我々のほうが優れているだろう』と」

「……」

バルゼイルはもう、言葉も出ない。

問題を起こした者たちは、イーモデード伯爵家の一件が、『特別』だとわからなかったのだ。

伯爵家の一件の現場にいたのがイーモデード伯爵家とホーラスであったがゆえに、様々な『バランス感覚』のもとで成り立った、『特別』なのだ。

この大問題を起こした『考案者』にはそこがわからなかった。

もしも、イーモデード伯爵家の一件が『普通』だとするなら、彼らの行動は非常に優れている。

しかし、伯爵家の一件を『特別』と見抜く『想像力』がなかったゆえに、この大問題が発生している。

「……借金額は、合計でどうなっている」

「金貨……十億枚です」

おそらくそれは、『ディアマンテ王国全体』の、ラスター・レポートへの借金額。

「どうすれば捻出できる。我が国の一年の国家予算は、金貨一千万枚だぞ。その百倍の額を今から返済できると、アイツらは本気で思ってたのか？」

二万枚ならまだいい。

というより、イーモデード伯爵家は、聖剣を手にする前は『準男爵家』で、王国法においては厳密には貴族ですらなかったくらいだ。

それゆえに、『年間貴族予算』の額も年間に金貨二百枚と、今回の大問題に比べれば小規模なもの。

だが、十億枚はシャレにならない。笑うこともできない。

「あいつらは……それだけの金を稼ぐ冒険者コミュニティを、嘲笑っていたのか。見下していたのか。金を数字だけで見ていたのか。どうすればそこまでの金が稼げるのかがわかっていなかったのか……」

ディアマンテ王国は広く、男爵以上の貴族家は四百を超える。

それらに分散されていたのは間違いない。

だが、あまりにも愚かすぎた。

確かに、『これで王家が払うことで、借金は解決する』のは間違いない。

なんせ、『貴族家本人だけの問題でなく、国のトップが頭を下げなければ解決できない』のだから。

その時に金を出し渋るなど、王家の威信にかけてできるはずもない。

だが、そんな金がどこにある。

「ぐっ、くそっ、くそがああああああああああああああああああああっ！」

バルゼイルは吠える。

解決策などもうわからない。

そんな彼の咆哮は、虚しく執務室に響いていた。

第十話　王都を支えたアンテナを貰ってしまおう

「大変なことになりましたね」

「そうね。『頭はいいけど想像力のない人間』がここまで面白いとは思っていなかったわ」

「面白いって……」

ラスター・レポート本拠地。

相変わらず人は少なく、ランジェアとティアリスしかいない。

なお、ホーラスはキンセカイ大鉱脈に行って鉱石集めをしている。

ランジェアを連れたりしないのか、という指摘に関しては、『稽古なら連れて行くが、基本的にはランジェアですらついてこれないエリア』に向かっているので、連れて行くと死ぬ可能性があるので残しているのだ。

とはいえ、レアストーン・マーケットに行けば、ホーラスがダンジョンに行く時間帯によってはなかなか手に入らない鉱石もある。

ランジェアはゴーレムマスターではないし、マジックアイテムに対する造詣も深くないので、ホーラスが求めている鉱石が何なのかはいまいちわからない。

ただ、本を読んだりすると、『おおむね、ゴーレムマスターはこういった鉱石を欲しがっている。なんでか知らんけど』という情報を集めることができるのだ。

そういった鉱石を見つけ次第、確保しておくのも重要である。

そんな感じで、ホーラスがダンジョンに行っている間に、とんでもない情報が舞い込んできたのである。

「勇者コミュニティ施設への同時多発襲撃ですか。血迷っているのでしょうか」

「私は、ディアマンテ王家が金貨二万枚の返済を行うといった時点で、こうなると思ってたわ」

「そうですか？」

「さっきも言ったでしょ？　『頭はいいけど想像力のない人間』」

「彼らの頭がいいとは思いませんが……」

「フフッ、バカが知恵を一つや二つつけたところで賢い人間になったりはしないし、賢い人間がボケを一つや二つ覚えたところでバカになったりもしない。バカは一生バカ。賢い人は一生賢いのよ。ただ、『想像力』っていうのは、頭の回転の話じゃなくて視野の話だから……」

「だから？」

「社会経験が足りないということね」

「倍以上の年月を生きている貴族に対してなんてことを」

優しい微笑を浮かべてなかなかぶっ飛んだことを言うティアリスだが、ランジェアも同意はしているようだ。

「とはいえ、あちこちでコミュニティメンバーが憤慨しているのは間違いないですし、どうしたものか……ディアマンテ王国の借金額は？」

「今回の大問題を一括返済で解決するなら、必要なのは金貨十億枚ね」

「金貨十億枚……我々の全資産と比べてどの程度ですか？」

ティアリスはランジェアのこれを聞いて『お前自分たちの資産状況全くわかってねえのかよ！』と内心で突っ込んだ。

まあ、金の話を考えず、魔王を討伐するだけでいいように調節してきたのはティアリスたちのほうなので、責める気はないが。

「そうねぇ……大体金貨四百億枚ってところかしら。今回の借金額はその四十分の一ね」

「自分たちだけで使い道はあるのですか？」

「あるわけないわ」

魔王討伐。

その旅の軌跡は甘くない。

魔王の男性支配は絶対的であり、例えば虜にした男性に、『モンスターになる代わりに圧倒的な力が得られる薬』を与えた場合、躊躇なくその場で飲む。

魔王が最初に掌握した国は、かつて常任理事国を務めていたほどの大国であり、研究にも力を入れていたので、わけのわからん薬もたくさんあった。

で、この世界は『モンスターを倒すと硬貨が手に入る』のだが、薬によって『人間がモンスターになっている』わけで、元人間だろうと倒しまくったら金貨が大量に手に入る。

道中で必要な素材を集めるために、『大氾濫発生中のダンジョン』を丸ごと壊滅させたりと、まあ派手なことばかりやっているので、勇者コミュニティは全く金に困っていない。

「というか、そこまで大量の金貨を、いったいどこに保管しているのですか？」

「移動拠点においてある『異空間収納箱《アイテムボックス》』。師匠が作ったものだけど、魔力を注ぎ込めば注ぎ込むほど容量が増えていくから、そこに入れてあるわ」

「アレってそんなにすごい効果があったんですね」

ティアリスは『こいつ何も知らねえな』と思ったが言わないことにした。

「……まあ、私たちの資産に関してはここまでにして、どう落とし前をつけましょうか」

「彼らが持っていて私たちが欲しいもの……何かあるかしら？」

「師匠のことを考えると、何かの金属が欲しいところではありますが……」

そこまで言ったとき、ランジェアは一つ閃いた。

「ディアマンテ王国の王都にある『アンテナ』を貰うというのはどうでしょう」

「アンテナ？　そんなものがあの王都に？」

「師匠以外に使っている形跡がないので、話題にも上がらないのでしょうね。現在、師匠のゴーレム操作範囲は自分から半径三メートルが限界ですが、アンテナを使うことで、王都をワンオペしていたそうです」

「その上で、現在師匠が『大型のゴーレムを作ろうとしない』ことを考えると、アンテナを作ることそのものは簡単であったとしても、『王都にあるアンテナ』を作ることは素材的にも技術的にも難しいと……」

少しの沈黙。

「貰いましょうか」

「貰っちゃおう」

二人はとてもいい笑顔である。

ただ、ティアリスがふと時計を見て、表情を変えた。

「あ、もうこんな時間。そろそろ昼ご飯ね。何か作ってくるわ」

ティアリスがメイド服を着ているのは伊達ではない。

ラスター・レポートとして旅をしている間は、メンバーを運ぶ『移動拠点』を統括する立場であり、メンバーの食事に関してもしっかり管理し、そして作ることも多かった。

その料理の腕はメンバー全員が認めており、普通なら市場に流れることのない『特製ソースのレシピ』も隠し持っているゆえに、胃袋の掴み具合が尋常ではない。

「フフッ、精力がつく料理を作らないと」

妖しい笑みを浮かべるティアリス。

……なお、ティアリスは普段、露出度の低い正統派メイド服に身を包んだ『微笑を浮かべた少女』といった雰囲気だが、性欲はぶっちぎりでラスター・レポートのトップである。

旅の中で魅力的な美少女に育ったランジェアたちを見ても『その気』にならないホーラスに対し、搾り上げるために様々なことを考えている変態なのだ。

（……あら？　師匠？）

屋敷は大きく、ラスター・レポートは百人近いため、当然のことだが広い調理場が用意されている。

その隅の方に、ホーラスがいた。

（あれ、何かしら。私も知らない魔道具を動かしてる）

一辺一メートルの巨大な箱だ。

手前の面の上半分と下半分にそれぞれ大きな扉が用意されている。

ホーラスは上の扉を開くと、『釣りたてのマグロ』を入れた。

そして、まだ精白されていない『玄米』を袋のまま入れて、近くの瓶に入れてある『お酢』を放り投げる。

扉を閉じて、スイッチオン！

（……）

――ズガガガガガガジュビビビビビビビゴゴゴゴゴガガガガガガビービービービー

シュピーンブルルルルルルルガチャガチャガチャガチャゴオオオオオオオッ！

凄い音が響きだして、それに比例するようにティアリスの頬が引きつっている。

——ガガガッヒュンヒュンッ……ポーン♪

（あ、音が止んだ）

ティアリスがそんなことを考えていると、下の扉がパカッと開いて、そこには出来立てほやほやの『海鮮丼』が！

「料理舐めてんのかあああああああああああっ！」

「うおっ！　びっくりした。いたのかティアリス」

あまりにもあんまりな光景に声を抑えられなかったティアリスである。

ホーラスは本当にびっくりしているので、どうやらボーっと作って……いや、眺めていたようだ。

「ずっと見てたわ！　何よそれ！」

「自動調理器だ」

「自動にし過ぎ！　材料を入れたら盛り付けまでできる魔道具とか聞いたことないわ！」

「そりゃ作ったことないからな。でもこういうのがあったら便利でいいだろ？」

「便利とかこう……まあ確かにそうだけど、なんかそれ以前の問題！」

便利なのは間違いない。

料理というのは何かと手間がかかるものであり、だからこそ飲食店というのは付加価値を主張しても許されるのだ。

だが、釣りたてのマグロと、精白されていない玄米と、瓶に入れてあったお酢を入れただけで『海鮮丼』が出てくるというのは、あまりにも物理法則を無視しすぎだ。

魔法の力を使っているのに物理法則の話を持ち出しても鼻で笑われるだけなのはティアリスも重々承知しているが、理解というより納得の分野の話。

そして、ティアリスとしても納得できないレベルである。

「いやー。でもさ」

ホーラスは近くにおいてある小麦粉と砂糖の袋をそれぞれ掴んで、封を開けずに上の扉に放り込む。

そして、冷蔵庫に入れてある十個入りの卵パックを放り投げた。

扉を閉めて、スイッチオン！

――ガガガガガガガゴロゴロゴロゴロギヤアアアアアアアアアアアアアアアアアアッ！

何かの断末魔っぽいものが聞こえた気がする！

――ゴゴゴゴッ……ポーン♪

先ほどと同じ完了音が鳴って、下の扉がパカッと開き、中には出来立てのスポンジケーキ！

「チクショオオオオオオオオオオオオッ！」

「テンションの移り変わりがエーデリカみたいだな」

「それはあの子に失礼すぎるわ！」

「それは……そうだな。まあそれはそれとして、こういった他所《よそ》で作られたスポンジケーキとか買ってきて、家でクリームや果物を盛り付けたりするもんだろ？　要するに、他所でこういう便利なものを買うっていうのは合理的なことだ。ただそれなら、ベースにするものも自分で作ったほうが手っ取り早いだろ？」

「……ちょっと待って、師匠、あの、どういう文脈でその話をしてるの？」

「いや、『それ以前の問題』って言われたからな。だから海鮮丼っていう完成品じゃなくて、スポンジケーキっていうベースの話としてわかりやすいものを作ったらいいかなって」

「……」

ティアリスは納得できなかったが、一つ、思い出したことがある。

それは、『ホーラスが大雑把になる条件』である。

別にホーラスは効率主義というわけではないが、それでも時間はある程度大切にするタイプだ。

ただ、それは『時間制限』の認識ができるからこその価値観である。

カルサイト村でのドラゴン討伐や、キンセカイ大鉱脈の利用特権など、何かと『想定以上の好条件』が揃っているのは間違いない。

その上でだ。

ホーラスは『余裕』ができたとき、なんだかすごく大雑把になるのだ。

常識と社会的通念と論理的整合性がもたらす、『科学思考力』とでも呼ぶべきそれに、全力でブレーキを踏みこんだかのように。

それをティアリスは思い出した。

言い換えれば、ホーラスの研究が進んでいるということであり、それはティアリスにとって喜ばしいことではあるが、ここまで納得できない展開が待ち受けているとは想像だにしなかった。

「あ、このスイッチだけど、押すときに簡単な思考感知を行うから、何を作りたいのかを考えてから押すんだぞ」

「……わかったということにしておくわ」

かなり疲れた様子のティアリスだが、ホーラスは技術面で世界最高峰の存在だ。

扱える文明レベルが違う人間を相手に、一般的な物差しは意味がない。

ティアリス自身、ラスター・レポートとして魔王討伐を成し遂げた一人であり、普通の物差しでは測れないが、なんだかホーラスを相手にすると一般人と五十歩百歩な感じになるのは……まあ、おそらく気のせいではない。

結論。誰も悪くはないが、なんだかヒドイ。

第十一話　もう、ホーラスは帰ってこない

「……はぁ。大きな分岐点があるとすれば、今だな」

バルゼイルは執務室で、手紙を読んでいる。

とても質のいい紙と封筒で、差出人にはランジェアの名前が記載されており、すっごく嫌な予感がしながらも、彼は読んで、ため息をついていた。

「陛下。アンテナが欲しい、という要求に対して、私は……正直に言えば、受け入れたくはありません」

部下……ライザという青年は、バルゼイルが何かを言う前にそう言った。

手紙の封筒には『親展』とすら書かれていないし、宛名が『ディアマンテ王国王宮』なので、城の職員であれば全員が読める。

それぞれの貴族も読んでいることだろう。

少し城から離れていたバルゼイルは、あとから戻ってきて、手紙を読んでいるわけだ。

「何故そう思う？　お前も読んだだろう。この手紙には、あのアンテナを勇者コミュニティに渡せば、借金に関して大きなメリットを約束すると書かれている。一年間の国家予算を全て払っても、一パーセントの利子を払うだけで限界なのがディアマンテ王国の現状だぞ。何故乗らない？」

バルゼイルはそう言ったが、その目に蔑む意味はない。

ライザはバルゼイルの机に置かれた本をチラ見する。

三冊置かれているが、その題名は、

『地属性魔法の基礎　著者：フェルノ・ドーラ・ギフトネスト』

『錬金術の大原則　著者：リクナ・プルート』

『魔道具作成のコツ　著者：ゼツヤ・オラシオン』

「『超古代の三大発展書』……その複製品《コピー》ですか。私もあれから閲覧しました。そこで得られた私の推測ですが、おそらく勇者の師匠は、『射程を犠牲にし、操作能力に特化している』と考えられます」

「……続けろ」

「もし、ここでアンテナを渡した場合、仮に勇者の師匠がここに戻ってきたとしても、以前のようにはなりません」

「だろうな。足りない範囲をアンテナに中継してもらっていた。そう考えるのが普通だ。そして……なぜ勇者の師匠がこの国で活動していたのかの、最大の理由なのだろう」

ホーラスのゴーレム操作の射程は自分の体から半径三メートル。

武装型ゴーレムを運用するうえで困ることはないだろうが、『職員』を運用するには圧倒的に距離が足らない。

だからこそ、アンテナが欲しかった。

しかし、どのような理論や素材が必要なのか、それはともかく、現実として今のホーラスは『職員』を使っていないので、この国にあるアンテナは作れないのだろう。

「……貴族たちも、この手紙を読んだのだろう。何と言っていた？」

「現状、アンテナはこの国で使用されていませ――」

「原文で構わん」

「……『使い道のないゴミに何の価値があると思っているのか。バカは扱いやすい。これで我が国は安泰だ』と」

「想像力のない奴らだ」

バルゼイルは諦めたような表情になっている。

「……私は、心のどこかでは、勇者の師匠をこの城に招けるのではないかと思っていた」

「正直に言えば、私もです」

「長年、この城に勤めていたことは事実だからな。ただ、ゴーレムマスターの知識を深め、アンテナを求めているという手紙を読んで、『全貌』を理解した。アンテナだ。あのアンテナだけなのだ。勇者の師匠がこの国を選んだのは、それだけの理由なのだよ」

バルゼイルはため息をついた。

「『為政者は、自分の眼で見ていないものを信じてはならない。だからこそ、情報を集めることを、正確な報告をする部下を集めることを怠ってはならない』……父上の言葉だ。理想論でしかないと棄てていた」

「それは……」

「はぁ、大昔の人間が、七つの大罪に『傲慢』と『怠惰』を入れた理由がよくわかる」

手紙をもう一度見るバルゼイル。

「勇者の要求だが、受け入れるしかないか」

「それでは……」

「ああ、勇者の師匠がこの国に帰ってくる可能性を捨てる。私がそれを選ぶ。ただし……貴族どもの『安泰』を保障する気はないぞ」

「……はい」

バルゼイルは天井を見上げる。

その姿を見て、ライザは思う。

つい数日前まで、王は肥えた体をして、どれほど愚かであろうと、自分をほめる者だけを集めた。

その結果として、ザイーテのような男が傍にいた。

だが、今のバルゼイルは、痩せて、理知的な瞳をするようになり、『王』としての姿を示すようになった。

『やればできる』……王に対して不敬ではあるが、そういう男だったのかと思う。

もちろん、『やればできる』というのなら『じゃあやれ』と言われるのがオチであり、やっていなかったからこのようなことになっていることに異論はない。

「……なあ、勇者の師匠のこの国での働きを評価していないことを、本人は怒っているだろうか。お前はどう思う？」

「……聖剣まで抜いた伯爵家の長男に対し、殴るだけで済ませたところを考えると、絶対に許さないという訳ではないでしょう。ただ、我々に興味を持つ理由もないと考えます」

「そうか。そうだろうな」

「加えて、魔王が持つ男性支配の力は絶対的であり、勇者の師匠の実力が露見して騒ぎになった場合、魔王は勇者の師匠に刺客を放つでしょう。それこそ何度も何度も。それを考えれば、秘密主義にならざるを得ません」

「では、魔王討伐後に評価しなかったことに対して、どうなるかな」

「……」

ライザは思い出す。

城の敷地内に作られた『一般開放』のスペースで、何百件としょうもないクレームを入れにくる平民たちを。

「愛想が尽きたのでしょう。謝罪しつつ、『陛下の立場として距離を取る』ことを約束すれば、少なくとも関係が悪化することはないと思われます」

「……はぁ」

深いため息をついた。

諦めたほうが都合がいい。

そんな条件ばかりが出てくる。

……そもそも、ホーラスがこの国の器に収まるなど、最初からあり得ないのだ。

バルゼイルは、それを心に刻む。

「では、アンテナを渡す準備をしよう。あと……地下の保管庫にあった『オマケ』もつけるか。どう転ぶかわからんがな」

「？」

「ああ、今はいい。あと……国内にある手ごろなダンジョンを全てリスト化しろ。貴族どもを放り込む」

「畏まりました」

バルゼイルがライザに背を向けたことで、彼は一礼して部屋から出ていった。

……扉が閉まった後、バルゼイルはつぶやく。

「あるべき姿に、戻るだけだ。後はもう知らんと言われても反論できんな……ただ、これで少し余裕はできた。国力の発展につなげれば、いずれ全て返せるだろう」

資料を読むバルゼイル。

借金額とその内訳のようなものだが……見る限り、勇者コミュニティに対し、『王家』は銅貨一枚すらも借金がない。

全て、貴族のものだ。

「王家としては、彼の働きに報いることができなかったことが悔やまれるが、あの『オマケ』がどう転ぶかだな」

どうやら、バルゼイル本人にも、どれほどの価値があるのかわからないものを渡すようだ。

要するに……彼の心拍数は、まだまだ速いままである。

第十二話　繁栄の未来を掴む権利は保証されないが、捨てるのは簡単だ

キンセカイ大鉱脈の奥。

そこで、頑丈な革袋を背負いながら、ホーラスは歩いている。

大鉱脈となっているがダンジョンであり、モンスターがいくらでも湧き出てくる仕様だ。

モンスターを倒すと、硬貨とドロップアイテムとして鉱石を落とす場合が多く、金属は時々ある『採取ポイント』でも獲得でき、種族単位で言えばドワーフにとって聖地と言えるだろう。

ダンジョンの構造としては、罠は一切ない。

しかし、奥に行けば行くほど、モンスターは加速度的に強くなる。

……ホーラスの目の前に現れた、全長十メートルの青い金属でできた鳥もまた、そんな『強いモンスター』の一種だ。

「……っ！」

灰色の圧力がホーラスの瞳からあふれ出して、青の鳥に向かう。

だが、青の鳥の口からデカい鳴き声が響くと、オーラは霧散していった。

「……この辺りになるとオーラだけなら有利にならんな。前人未踏だし当たり前か。お前みたいな金属でできた鳥は『魔法だけ』で飛んでるから、魔力を威圧できると楽だったんだがなぁ」

ホーラスは上着の内側に手を入れると、武器を取り出す。

知るものが見れば、『銃』と言うだろう。

ただ、『拳銃』というほど携帯性はなさそうで、『銃型のガジェット』といった方が適している。

鉄と火薬と弾丸で作られたものではなく、あくまでも『銃型のゴーレム』なため、なかなかゴツくて厳《いか》つい見た目だ。

その銃口を向けて、発砲。

次の瞬間、音速をはるかに超える速度で、羽を貫通した。

内部までぎっしり金属が詰まった、なんだか羽というより鉄塊といえる物体をやすやすと貫通している。

「思ったより脆いな」

ホーラスは親指で、本来なら撃鉄《ハンマー》がある部分についている『半球状のパーツ』に触れる。

そのままトリガーを引く。

秒間五十発で魔力を固めて作った弾丸が乱射され、体をハチの巣にしていく。

しかも、どれもこれも、弾速が通常の銃をはるかに凌駕《りょうが》する。

だというのに、『銃が振動で震える様子』がない。言い換えれば『反動ゼロ』という理不尽の権化のような状態だ。

理不尽なのは弾丸だけではない。

灰色の威圧オーラは、青い鳥への影響が『皆無』ではない。

その動きを完全に抑え込むほど『圧倒』できるわけではないが、それでも影響がないほど弱くはない。

最初からずっと威圧を続けており、金属の体を動かすために使っている魔力が上手く動かず、本来なら超高速で動けるはずの体がうまく動かない。

そんな『うまく動かない体』で、『超速弾丸』を避けることはできない。

「ガッ……ア、アァ……」

青の鳥はそのまま地面に墜落すると、硬貨と鉱石を残して塵となって消える。

「……」

ホーラスは無言で袋を傍においで、袋の口に描かれた魔法陣に触れると、風が発生して袋の中に硬貨と鉱石が消えていった。

「さて、帰るか」

満足する量になったのか、ホーラスは踵を返した。


……その数時間後、ホーラスはダンジョンから出て、そのまま勇者屋敷の倉庫に入り、荷物の整理を始めることにしたようだ。

「えーと、これは要る。これは要らない。これは……要らんな」

「師匠。何をしているの？」

屋敷の倉庫で、次々と鉱石を取り出して、棚に並べたり箱に突っ込んだりしている。

なお、『要らない』は棚。『要る』は箱だ。

ただ、ティアリスとしては何をしているのかわかりはするが、『理解できない』様子である。

まったく同じ鉱石に見えても、棚に並べたり箱に入れたりとバラバラだからだ。

「ん？　ああ、要るものと要らないものに分けてる」

「そこはわかるけれど……」

「簡単に言うと、鑑定スキルが優れている場合、『同じに見えても質が違う』ように見えるんだよ」

「え？　なら、私が用意したあの鉱石の中に、要らない金属も交じっているのかしら？」

ティアリスの額に汗が流れているが……。

「いや、あのレベルなら、俺の錬金術でも弄って調節できる。ダンジョンの奥に行く場合、『中層に出てくる希少鉱石』って、深いところで出てくる鉱石を補助するのにすごくいいんだが、落とす確率は低いし、寄るのがめちゃくちゃめんどくさいからな」

「では、今回師匠が手に入れた鉱石を要るものと要らないものに分けているのは、師匠の錬金術では弄れないレベルということ？」

「ああ、ゴーレムマスターっていうのは、『地属性魔法』と『錬金術』と『魔道具作成』の中間みたいな技術だから、金属そのものを弄る錬金術に特化してないんだよ……よし、分けた。俺は要らないから、どうするかはティアリスたちに任せる」

「わかったわ」

ホーラスは『要る』と言いながら突っ込んでいた箱を持ち上げると、そのまま倉庫を出ていった。

ティアリスはホーラスが置いていった鉱石を見て、何か考えている。

「……単純な金属装備を作る場合、かなりレベルの高いものができそうね。ただ……使いこなすのは何十年後になることやら」

棚に並べたということは、竜石国の中で鉱石を扱う商会を呼ぶことも考えてのことだろう。

ただ、商人たちに、価値がわかるだろうか。

「……特に、これ」

ティアリスは青い翼のような形をした鉱石を見る。

「いったい、どんなモンスターを倒したら手に入るのか、想像できないわ。フフッ、もしも師匠が魔王に魅了されていたらと思うと、背筋が凍るわね」

ティアリスは体をブルっと震わせた後、紙とペンを取り出して資料にまとめていった。

★★★

「へー。ディアマンテ王国からアンテナが来るのか」

「はい。借金をかなり減らす代わりに要求しました」

「……でも別に、俺、この国の運営にかかわるつもりはないぞ」

ディアマンテ王国でホーラスが使っていたアンテナはかなり広範囲まで届くのだが、そこまで距離を必要とする用事がない。

職員ゴーレムを作り出して運用するという方法を取るためにあのアンテナがあるディアマンテ王国を選んだわけだが、別に国家運営にかかわる気はないので、アンテナに興味があるかといえば別にないのだ。

「扱える広さが拡張できれば、より質の高いゴーレム作成ができると考えました。そんじょそこらのアイテムを用意しても、師匠レベルの操作能力を広げることはできませんし」

「なるほど」

ロビーでコーヒーを飲んでいるホーラス。

そんな彼に話しかけているのは、当然ランジェアだ。

花が咲いたような笑みを浮かべるランジェアはとても楽しそうである。

明確な意味で、『ホーラスの役に立つアイテムを獲得できた』からだろう。

「確かに、アレ便利だからなぁ」

「ただ、王都では使われていないという話でしたが、どういうことなのでしょうか」

「アンテナとして完成してそこにあるということは、『魔力の通り方』をどうしてもアンテナの規格に合わせたものにしなければならない。が、王国の魔法はその規格に合わなかったんだよ」

「……あのアンテナは、王国で作られたものではないのですか？」

「超古代の魔道具作成者である『ゼツヤ・オラシオン』が作ったとされている。それを何の因果か王国が保管していた」

「なるほど……では、なぜ、そのアンテナに適した魔法を作らなかったのでしょうか」

「規格の中身がわからなかったからだろうな」

「……そうですか」

ホーラス視点だと宝の持ち腐れだが、これればかりは技術力の違いだろう。

「……あっ、そういえば、アンテナが送られてくるのと同時に、『オマケ』がついていました」

「オマケ？」

「はい。城の地下に保管されていた金属のようです」

「そんな部屋があったのか……」

基本的にホーラスの活動範囲は城の地上部分だ。

そこで資料をしっかりまとめることでどうにかしていたわけで、地下に興味はなかったし、そもそも入りびたる余裕などなかったのである。

「先に届いているので持ってきます」

ランジェアが席を立つと歩いていった。

「……オマケねぇ。いったいどんな金属なのやら」

……数秒後。

「お待たせしました。こちらになります」

ランジェアが持ってきたのは、赤色のインゴットだ。

「……」

「どうでしょうか」

「いや、多分……何も知らずに送ってきたんだろうなっていうのは、よくわかった」

「え?」

「知らないってすごいよなぁ。これ一個で、俺の研究が十年進むぞ」

「なっ⁉」

本気で驚いているランジェア。

「そうだな。これを手に入れようと思った場合、俺視点だと完全に運なんだよ。俺がやりたい研究のルートは一個じゃないから、コイツを使うことは避けてたんだ。だけど、これがあるだけでかなり違う」

「で、では……」

「もしも、魔王討伐後に俺の働きが評価されて、『これからも城で働いてくれ、そして勇者を王国に取り込みたい』って言われて、その対価に研究室とコレを提示されたら、俺は間違いなく首を縦に振ってたよ」

本当に良い笑みを浮かべているホーラス。

そこにウソ偽りはないだろう。

「……それほどですか」

「それほどだ。おそらくバルゼイル国王は、これを送るとき、どう転ぶかわからないと思ってただろうけど、最高の贈り物だよ」

「ふむ……では、今からでも王国の城で働く未来はありますか？」

「それはない。王国民に愛想が尽きてるのは変わらんし、城で勤務のままだと、キンセカイ大鉱脈の奥に入れないからな。そっちの未来に進んでたとしても、いずれ離れてたよ」

「そうですか」

ランジェアはなんというかこう……『残念』と思った。

順序さえ違っていれば、知識さえあれば、文字通り世界最大の王国であるディアマンテ王国は絶頂期を続けていたことだろう。

……まあ、そんな未来が訪れる、『可能性がないよりはマシ』とするしかない。

「では、ディアマンテ王国の借金を帳消しにすることくらいは、今からでも?」

「そっちはいいだろ。どうせ使いきれない金があるんだからな。こんなに良い贈り物をしてくれたんだ。俺の顔を立ててくれって言ったら、ランジェアたちも借金くらい棒引きにするだろ」

「そうですね」

一応、勇者コミュニティが金を貸している理由は、『借金というマウントを取って調子に乗らせないため』ではある。

しかし、勇者という存在を舐めている貴族たちは借金があろうと平気で調子に乗っているので、別の形のほうがいいだろう。

「借金がなくなった後でこれまで以上に調子に乗る未来は見えますが……まあ、『勇者』という称号がどれほど重いのか、その時はわからせましょう」

「……もしかして、『借金がなくなった反動』でバカを誘発させて、何人か『見せしめ』にしようとしてないか?」

「それが悪いとは思っていません。というより、『そういうの』は師匠譲りですよ」

「否定できないな……まあ、そこは俺が言うことじゃないか。俺は研究してくるから、それじゃ」

ホーラスは椅子から立ち上がると、インゴットを手にして部屋に戻っていった。

……なお、この翌日。バルゼイルに対し『王国の借金は帳消しとする』という手紙が届いて、彼は五度見したらしい。

もちろん、彼も彼で、借金がなくなってよかったと思う反面、『絶対に調子に乗るやつがいるよなぁ』と憂鬱《ゆううつ》になっている。

『勇者のことをバカにするな』と言っても聞かないやつが多いのだ。理解しないやつが多いのだ。

どうしろというのだろう。

借金がなくなっても、バルゼイルの胃は危険な状態である。

第十三話　訪れる権力者、レクオテニデス公爵家。スデニテオクレなり

閑散としているラスター・レポート本拠地である屋敷。

ただ、ディアマンテ王国の借金が帳消しになったあたりから、人が集まってきた。

『コミュニティ』という形ゆえに、戦闘員にしても裏方にしてもそこそこの人数がいる。

女は三人集まれば姦《かしま》しいになるのだから、何人も集まったら騒がしくなるのは明白だろう。

というわけで、ランジェアやティアリスほどではないが、美貌と良いスタイルを持った美少女たちが屋敷に次々と姿を現していた。

まあ、魔王を討伐するために彼女たちは旅をしていて、魔王の特性ゆえに『後始末に時間がかかる』ので、帰ってくるのが遅れていただけのこと。

それが済めば帰ってくるだろうし、一応は借金が帳消しになったディアマンテ王国ならば、なおさら勇者コミュニティの構成員が離れる理由もわかる。

そんなある日。

「あの、師匠。なぜそこまでゲッソリしているのですか？」

ロビーで新聞を読んでいるホーラスだが、なんだか顔が痩せている気がする。

「……ティアリスに襲われた」

「えっ？」

「昨日の夜。ベッドで寝てたら、ティアリスが入ってきて、そのまま寝てる俺に覆いかぶさって、そのまま……」

「……抵抗しなかったのですか？」

「昨日の夜のティアリスの『目』を見て抵抗できるやつがいるなら俺は連れてこいと言いたい。それくらいすっごい目をしてたぞ」

「ちなみに何連戦ですか？」

「十だな」

「なるほど……一晩に十人は可能ですか。勇者コミュニティのメンバーは百人近いのでどうなることかと」

「……」

ホーラスは絶句した。

ランジェアに対して、多少は『独占欲がある』と分析していたのだが、思ったよりそうでもなさそうで驚いているのだ。

「ということは、ティアリスは師匠の童貞を奪ったのですね。後で殴り倒しておきます」

いや、独占欲強めかもしれない。

相変わらずひまわり畑の幻覚が見えるほど無邪気な笑顔だが、目の奥に黒いものが見えた。

「いやー。ティアリス凄かったな。俺、コミュニティのメンバーの性欲が強くなってるの忘れてた」

「？」

「あれ、もしかしてランジェアは把握してないか？　勇者コミュニティのメンバーって、外見が良い奴が多いだろ」

「というかそういう人だけですね」

「あれなんだが、前提として、身体強化ってあるだろ？　魔力を体に流し込んで強化するやつ」

「ありますね」

魔法使いは文字通り『魔法』を使うが、主に近接戦闘を手段とする場合、この身体強化をしてモンスターと戦っている。

強い冒険者になればドラゴンを相手にすることもあるが、そもそも人間の体でドラゴンに勝てるはずもなく、そこは『戦えるだけの膂力を得る手段』として身体強化を行うことで補っているのだ。

これが上手くできるかできないかが、Sランク冒険者になれるかどうかをはっきり分けている。

「これを言い換えると、『体に魔力を流し込む』ということは『質を高める』ことと同じなんだよ。五感の強化のために顔に流し込んだり、心臓の強化のために胸に送ったりする」

目に通せば、ホーラスのように威圧できるのも確かだが、純粋に視力が強化されるという部分も

あるだろう。

「もちろん、体が変わるほどの身体強化は褒められた行為じゃない。自分のギリギリを見極めないと多分何かが千切れるからな……教えたのは俺だけど。ただ、自分のできることの最大が何なのか、自分で考えて、『努力し続けた証』ってことだから、責めるつもりはないけどな」

「体に魔力をしっかり送った結果、外見が優れて……いわゆるエルフをはじめとする『長命種』に多い特徴でもありますが、そういう理屈があるのですね」

「ああ。で、一つ問題があってな」

「問題？」

「外見が優れるというレベルになると、文字通り『体の質が全体的に高くなる』んだが……実は欲望の部分も体のほうに引っ張られるのか、強くなるんだよ」

「それで、性欲まで強くなるんですね」

食欲や睡眠欲の方も、無影響というわけではないだろう。

だが、最も解消する機会の少ない欲求の方が大きくなるに決まっている。

……なお、勇者コミュニティは、ホーラスが魔王を倒す人材を集める目的があったゆえに全員が女性、なおかつ、全員の外見偏差値が凄く高いゆえに、『女の子同士でのアレコレ』も珍しくはないと思われる。

というか時折、それっぽいことをしている音が聞こえてくることがある。

ホーラスは全身をいろいろ弄っているゆえに聴覚も優れているので、多少の防音の壁なら貫通するのだ。

それをもとにすると、『結構凄いプレイ』もやっていると思われる。指摘はしないけど。

ただ、少なくともランジェアやティアリスレベルになると、ホーラスと同じように壁を貫通して行為の音が聞こえるはずだが、気にしている様子はない。

……というか、ランジェアやティアリスも時々、そういうのに交じっている。

そういうのを聞くたびに、ホーラスとしてはちょっと居心地が悪い感じになるわけだが……ついに襲われました。

「俺は自分の脳をちょっと弄ってるから、強化する前の欲求でとどまってるんだけど、完璧に忘れてた……」

かなり後悔している様子のホーラス。

ティアリス。そんなにすごかったのだろうか。

「ただ、私は性欲がそこまでではないような気も……」

「元が強くない場合は強化されても一般人レベルにとどまるだけだよ」

「そういうことですか」

ランジェアはホーラスの説明で納得した様子。

……と思った時。

コミュニティメンバーの一人が屋敷の出入り口からロビーに入ってきた。

「ランジェア。なんか『ディアマンテ王国』の公爵家の人が、『お前たちを私の愛人にするからついてこい』って言ってきてるけど」

「早速⁉」

愕然とするランジェアであった。

「とりあえず威圧して黙らせてるけど、どうする？」

「はぁ、パワフルですねぇ」

「ランジェアに言われたくない」

呆れた視線を貰っているランジェア。

……旅の中で、何があったのだろうか。

ホーラスはなんとなく予想できそうではあったが、何も言わないことにした。

★★★

「私を待たせるとはどういうことだ！　私がディアマンテ王国レクオテニデス公爵家の当主、アシュトン・レクオテニデスだと知らないのか！」

ランジェアとホーラスが表に出てみると、門の前に体重百キログラムくらいの男がいた。

「初耳ですね。それで、何の用ですか？」

「フンッ！　貴様らはいい見た目をしているからな。私の愛人として屋敷に招いてもいいと判断したのだよ」

「お断りします」

「なんだと！　いいから私の言うことを聞け！　私に逆らうとどうなるかわかっていないようだな！」

「あなたこそ、勇者を舐めすぎです。私たちがそのような要求を聞くとでも？」

「フンッ！　こんな金属しかとれない貧弱な国で何を言っている！　ディアマンテ王国という世界最大の国に恐れをなした証拠だろうが！」

「この国は、私が魔王を討伐した時の剣を作成しました。そんな国が貧弱とは、魔王討伐に何も貢献しなかった貴族がよく言いますね」

「何ぃ！　私を侮辱するのもいい加減にしろ！」

荒い息をしているアシュトン。

だが、すぐに息を整えると、ニヤリとゆがんだ笑みを浮かべる。

「フンッ。そんな強情でいられるのも今のうちだ！　貴様らはこの国の国民なのだろう。要するに……この国のトップが借金を返済する義務を負えば、国民もまた、借金を返済するために動かなければならない」

「リュシア王女殿下に金を貸す気ですか？　ただ、あなたにその場で返せば……もしや、貸し付けた段階で、『利息千割』といった法外な設定をするおつもりで？」

「はぁ、これだから学のない平民は。我々は『権利』を用いて、リュシア王女殿下に、レクオテニデス公爵家に対し、『金貨一億枚を支払ってもらう』のだよ。そして、勇者コミュニティのメンバー全員に対し、金貨一億枚という値段を我々がつける。それだけのことなのだ」

「はっ？　あ、え？　あなたたちに金貨一億枚が用意できるのですか？　というより、用意した金をそのまま返せばいいという理屈は変わりませんよ？」

ランジェアが理解できていない。

いや……彼女の直感に、あまりにも反しているため、想像できていない。

「ランジェア。多分そうじゃない。公爵家は『金貨を貸す』って言ってるんじゃなくて、『債権』を振りかざして『リュシア王女殿下に、一方的な金貨一億枚の支払い義務を負ってもらう』って言ってるんだ」

「⁉」

ホーラスの説明に愕然としているランジェア。

「そ、そんなことが可能なのですか？」

「『債権』ってのは権利だからな。持ってさえいれば債務者に支払いを要求できるよ。まあ、原因がなければ発生しない権利だけど」

ホーラスとしては『そもそも『債権』を一方的に所持できると思っている時点で頭がおかしい』と思ったが、言っても無駄だと判断した。

……まあ、肉声言語が通じない相手に、どういう言語を使えばいいのか。力関係にもよるが、おおむね手段は決まっているわけだが。

「ほう、そっちの平民は多少は頭がいいらしい……ん？　その外見。なるほど、貴様が城で働いていた平民のまとめ役だったのか。なら貴様には、金貨一億枚の支払い義務を負ってもらおう。一生をかけて、城の外に作ったテントで事務作業をこなすのだな！」

アシュトンは愉悦の笑みを浮かべてそう言った。

「何か、こう、『債権』っていうのをすごい発明みたいに思ってるんだろうねぇ」

「アシュトン様！　向こうの倉庫に、貴重な金属が並べられていました！」

ホーラスが色々考えていると、歪んだ笑みを浮かべた男性が倉庫のほうから走ってきた。

その手に握っているのは、ホーラスが先ほどダンジョンから持ち帰ってきたもの。

「それは……どういうつもりですか？」

「勇者コミュニティは私のコレクションになるのだ。ならば、その持ち物はすべて私のものに決まっているだろう」

「出入り口に鍵がかかっていたはずです」

「え、壊しましたけど」

インゴットを手に持っている男が疑問すら感じていない様子でそう言った。

「……そういえば、ティアリスが既に資料をまとめていて、商会が来る予定もなかったから、見張りがいなかったですね。不覚」

頭を押さえて頭痛をこらえているランジェア。

インゴットを持っている男を見て、ホーラスはため息をついた。

「はぁ、こんな救いようのない主義を掲げてるとは……この国が世界会議に対し、キンセカイ大鉱脈の独占権を持っているのは都合がいいんだ。俺の邪魔をするってことでいいかな？」

「邪魔だと？　ただの平民出身の元事務員が思い上がるな！」

「……人が集まってきたな。なら……！」

ホーラスは威圧を解き放つ。

次の瞬間、上からの圧力に押しつぶされたかのように、アシュトンは跪《ひざまず》いた。

「うっ、おおっ、ふぅ、ふぅ！」

「フフッ、おいおいどうした？　こんな公衆の面前で平民に跪くなんて」

「ぐっ、おおおお……」

汗を滝のように流して地面に膝をつくアシュトン。

もう、ホーラスの顔を見上げることすらできない。

……遠くの方で、『写真魔道具』の音がパシャパシャと鳴っている。

すぐに、アシュトンがホーラスとランジェア相手に跪いたことは、新聞に載るだろう。

たっぷり写真を撮らせた後、ホーラスは威圧をやめた。

「はっ、ぐ、くそっ、わ、私をコケにしたこと、後悔させてやる！　貴様は永遠に書類整理で使いつぶしてやる！　勇者コミュニティは私のコレクションだ！　抱き飽きたら勇者娼館として私の資金源にしてやるからな！　覚悟しておけ！」

そう言って、這《ほ》う這《ほ》うの体でアシュトンは去っていった。

姿が見えなくなると、ランジェアはインゴットを手に持っている男のほうを向いた。

絶対零度の殺気を、遠慮なく男のほうに向けている。

『それを置いてさっさと出ていけ。これ以上調子に乗るなら、命を払ってもらうぞ』

「ひいっ！　うああああああああああああっ！」

こちらも滝のような汗を流して去っていった。

「……はぁ、まさか、こんなことになるとは」

ランジェアが深いため息をつく。

魔王を討伐する旅を続けてきたランジェアと言えど、ここまで自分勝手にされては呆れるしかない。

別に貴族と平民のどちらが正しかろうが、優れていようが、そこはランジェアには関係ない。

彼女もまたホーラスの教えのもとで強くなった人間であり、ホーラスと同じく、『相手の主義の善悪を気にしない』ためだ。

しかし、善悪と好き嫌いは別。

ランジェアにとって嫌いなものは当然あるし、貴族であるとか平民であるとか関係なく、『意味もなく態度がデカい奴』に嫌いな人種が多いことは事実である。

「そういえば、師匠の当たり方もなかなか強いような気が」

「そうか？」

「師匠も長い王都ワンオペですり減っているはずですが、アシュトンへの当たり方は『威圧』で黙らせるというのがなんとも」

「まあ、威圧で相手を黙らせるときは、『その気』にならないとできないからな。確かにすり減ってるときはなかなかできないのは事実か」

「要するに、アシュトンの行動に関して、明確に気に入らない部分があると？」

「その認識であってるな」

「一体どういう内容ですか？」

「結論だけ言ってしまえば、俺にとって、リュシア王女の一族がこの国のトップとして君臨しているのは都合がいいんだよ」

「都合がいい？」

「そうだ」

ホーラスは迷わず頷いた。

「キンセカイ大鉱脈の奥に進むと、別のダンジョンが潜んでいる。そのダンジョンなんだが、実は特定の鍵が必要なんだ」

「鍵？」

「そうだ。原初の時代から脈々と続いている『八大鍵族』がこの世界にいる。リュシア王女の『カオストン家』はその一つだ」

「八大鍵族……初めて聞く名前ですね」

「キンセカイ大鉱脈の奥に入る場合、この鍵の一族が支配する領域にダンジョンが存在する必要があるんだよ」

「なるほど、宝都ラピスの中心部にキンセカイ大鉱脈が存在するという状況が必要なのですね」

「俺も、とある男の自伝でしか確認できていない。が、事実だ。仮にリュシア王女が借金漬けになったりして、最終的にこの都市で『君臨』できない場合、キンセカイ大鉱脈の奥に入れない。俺には俺のやりたいことはあるが、そのためには奥に行くことが必要だからな」

「なるほど、そのために、リュシア王女が必要以上に苦境に立たされるのは避けたいということなのですね」

別にホーラスは王族ファーストみたいな思想は持っていない。

リュシア王女がこの国で王族として存在しているのは必要なことだが、必要以上に支援することもない。

もちろん、最低限の人として通すべき筋を無視した結果、カオストン家がここから離れる事態になるのは非常に都合が悪いため、リュシアを陥れようとするアシュトンに対して強く出るのだ。

「凄い気配がしましたが、いったい何が？」

屋敷からティアリスが出てきた。

「あー、レクオテニデス公爵家の当主が調子に乗ってたんだよ」

「レクオテニデス公爵家？　……ああ、何かの資料にありましたね。確か、当主はディアマンテ王国の宰相にして、外交統括だったはず」

「「えええええええええええええええええええっ⁉」」

ホーラスとランジェアは同時に絶叫。

過去一番の衝撃だったらしい……そりゃそうか。

★★★

「なかなか、衝撃的でしたね。貴族の方は発想がとんでもないです」

ロビーでテーブル席に座ったランジェアとホーラス。

ティアリスは飲み物や軽食を用意している。

「私としては、その発想がどこから湧いてきたのか、そこが気になりますね」

「え？」

「そもそも、貴族の『金の払い方』というのは、基本的に一括で、直接の支払いが多いですからね。金額が高くなる場合は小切手を使う場合もありますが」

「なるほど、金の種類も、その支払い方も一種類ではなくとも、貴族がそれを理解しているというのが不思議ですね」

発想というのは、基本的には『あまり日常的にしない知識同士の組み合わせ』である。

こういっては何だが、国政というのは基本的にやることの種類は変わらない。

そして、経験量はともかく、経験の種類が少ない人間の発想力というのも、本来は低いはずなのだ。

要するに『貴族らしくない』のである。

……そんな二人をよそに、ホーラスはこめかみをグリグリしながら何かを考えている。

が、何かを思い出したようだ。

「確か、レクオテニデス公爵家は、国内の銀行に対して強い力を持ってたはずだ。当然、アシュトンがかかわる書類にも、銀行にかかわるものが多くなる。その中で何か思いついたのかもな」

「ほう……本当に自前の発想というわけですね」

「ただ、妄想力はあるがバランス感覚はない。ディアマンテ王国自体、現在は世界最大の国家であることは変わらないし、その国のナンバーツーみたいなもんだからな。多分『自分の考えが通らない』っていう想像ができないんだろう」

ちなみに、宰相かつ外交統括の身でありながら、勇者の功績に対して褒美を与えた『世界会議の授与式』ではザイーテが来ていた。

普通はアシュトンじゃね？　と思うだろうが、アレは単純にザイーテがバルゼイルに対して珍味や高級ワインを渡したりして覚えがよかっただけである。

もしそれがなければ、アシュトンがバルゼイルと一緒に来ていただろう。

「おそらく、この前の勇者施設同時襲撃も、アシュトンが考え出したものだろうな」

「そうなのですか？」

「そうだな……俺はバルゼイルという王に対して、『傲慢』と『怠惰』という印象を持っているが、アシュトンに関しては『色欲』と『強欲』で、頭の回転は速いんだよ」

「確かに、借金がなくなったからと言って、あまりにもこの屋敷に入り込んでくるのが速すぎるわね……」

「ただそれと同時に、自分の直感で受け入れられないことに拒絶を感じる人間で、基本的にそういうカテゴリのものはすぐに忘れる」

「どういうことですか？」

「要するに……俺を『事務員のまとめ役』と言っていただろ？　だけど宰相なんだから、『勇者の師匠』って情報は持ってるはずだ」

「確かに、『勇者を鍛えた知識を公爵家のものにしろ』とは言ってませんね」

「多分、俺のゴーレムマスターとしての実力を直感的に理解できないから受け入れられないんだろう」

「『気持ちはわかります』」

「ひどくね？」

弟子二人から『直感的に理解できない』とは……。

「はぁ、あと、『ゴーレムマスターが勇者を鍛えた』というのもわかりにくいんだろうな。剣の師匠から剣を教わる。魔法の師匠から魔法を教わる。そういうのが普通だが、俺の場合はそういうのに該当しない。だから直感的に受け入れられないんだろ」

「……なんというか、一般人からかけ離れた理屈ね。大体わかったけれど」

「これからどうなるのでしょうか」

ランジェアの疑問に、ホーラスは考える。

「まあでも、多分、アシュトンの最終的な目的は、『勇者を自分のものにする』っていうことだと思うから、手に入れようと頑張るんじゃないかな」

ホーラスの説明を聞いて、ティアリスはため息をつく。

「今まで、『魔王討伐を期待されていた上流階級の人間の活躍の場を奪った』として、功績に難癖をつけてくるものは多くいましたが、私たちの外見だけで判断して、手に入れようとするとは……」

「一応、勇者の功績そのものは世界会議が認めてることだからな。そこは公爵家とは言え覆せるものじゃない。だからまぁ。その、とにかく、『欲しい』んだろうな」

「私たちを『勇者娼館として資金源にしてやる』と言ってましたね。私たちを戦力として、実力があるものとしてみていない。単に『外見がいい女』としか思っていないということですか……」

「先ほど、師匠はアシュトンという男を『色欲』と『強欲』と言ってたわね。まあ、魔王はもういないし、『戦力』として使うことを考えないのもわかると言えばわかるけれど……」

結論。

「性欲があふれてるわね。師匠もそこは見習った方がいいわよ？」

「ティアリスって誰の味方なんだ？」

「勇者コミュニティは百人近いので、まだまだ頑張る必要がありますよ。師匠」

「そんなひまわり畑の幻覚が見えそうな良い笑顔で何言ってんの？」

性欲の優先順位、高くないですかね？

第十四話　愚行にも差はあるが、カオストン宮殿で武器を抜くレベル

レクオテニデス公爵家の当主であるアシュトンが自分で語ったことだが、（ありもしない）『債

権』を振りかざすことでリュシア王女に一方的に返済義務を押し付けたうえで、勇者コミュニティという『国民』に値段をつけることで返済させるという計画を彼は立てた。

そして、アシュトン視点ではその話を出した……いや、それを彼が考えた時点で、勇者コミュニティが彼のものになっていると考えたのか、勇者屋敷にいきなり突撃したわけだ。

とはいえ、そもそも勇者コミュニティとその師匠であるホーラスに、レクオテニデス公爵家を恐れる理由も屈する理由もない。

ただ、必要以上の面倒を招く必要もないので殴るようなことはせず、威圧で強制的に頭を下げさせるという方針を取ったゆえに、アシュトン視点では散々な目にあったわけだが、諦めない。

なお、アシュトンの考え方として、どれほど権力には屈しない姿勢を見せようとも結局は人間なので、人数を揃えて囲んで手枷をはめ込んでしまえばこちらのもの、というわけである。

とりあえず脅迫して、それが通じなかったら『兵士で囲んで脅迫』になるわけだ。

しかし、彼がここに引き連れた部下は少なく、少数精鋭と言われる勇者コミュニティを相手できるほどの『物量』を持っていない。

今、人数は揃えられない。

公爵家の人間とはいえ、宰相かつ外交のトップという役職である以上、『宮廷貴族』と呼ばれる立ち位置である。言い換えれば権力はあるが『常備の私兵』は少ない。

もちろん、彼の声で動く人間は多いだろうが、あくまでも『今のこの段階』に関して話せば、宝都ラピスに連れてきた部下は少なく、少なくとも『制圧』は不可能だ。

……いや、そもそも制圧という手段が取れるほどの兵士を呼び込むという行為が許されると思っている時点で国境という概念がわかっていない『ただのバカ』ではあるが。

しかし、兵士たちを待つというのも、かなり幼稚な話だが嫌なのだ。

宰相にして外交のトップ。こういう立場であれば、平時はうまくバランスを取りつつ機を逃がさないという方針を取るべきだが、彼は『世界最大の国の』という枕詞がつく。

彼の一声で動く金や物の量は尋常ではない。

そういう『権力者』である彼にとって、忍耐というのは『悪徳』である。

というわけで我慢しないわけだ。しかし、『勇者コミュニティ』という存在に対し、アシュトン一人では権力も暴力も通用しないのは事実である。

では、通用しそうなのはどこか。

ここで、彼があらかじめ立てた計画が光る。光っちゃだめだが。

すなわち、勇者コミュニティに接触するのは一度やめて、リュシア王女の方から攻めよう、という方針である。

ともかく、今から彼が動き、そして実際に結果を得ようとすれば、向かう先は、『カオストン宮殿』だ。

「王女殿下。貴様には『金貨一億枚』の支払い義務を負ってもらう」

「ふざけんじゃないわよ！　馬鹿にするのもいい加減にしなさい！」

少数の兵隊を連れて宮殿にアポなしで入り込み、リュシアが使っている執務室まで武器をチラつかせて周囲の人間を脅しつつサクサク進んで、扉を蹴って中に入る。

その上で、『支払い義務を負ってもらう』というセリフである。

リュシアの傍で錬金術関連の書類を作っていたエーデリカがブチ切れるのも無理はない。

「私は世界最大の国家であるディアマンテ王国の、レクオテニデス公爵家の当主だぞ。私の意見が聞けないというのかね?」

「聞くわけないでしょ! 良い悪いとか出来る出来ない以前の問題! もしもそれをここで認めたら、この国はディアマンテ王国の奴隷になるのと同じじゃない! その『最悪の前例』を認めるわけがないでしょ!」

当然のことだが、何かを『一度でも』認めるということは、それがこれからも繰り返されることを意味している。

道理も理屈も常識もすべて無視した、押し付ける側にとって『成功すれば利益率十割』の『画期的』なシステム。

それほどの利益率を誇るのは、人類史に目を向けたとしても『奴隷貿易』くらいしか存在しない。

認められるわけがない。

もしもここでアシュトンの言い分を認めたら、これからも『支払い義務を負ってもらう』と要求される。

言い換えれば、竜石国がディアマンテ王国の属国……いや、『奴隷』になると認めるようなものだ。

「奴隷? 何を言っている。世界の在り方は強者が決めるのだ。こんな金属が多少採れる程度の国など、奴隷に決まっているだろう」

「んなっ……」

エーデリカは驚愕した。

それも当然だ。

カオストン竜石国は『世界会議』に加盟している国家であり、あくまでも持ちうる権限や保証されるべき部分はディアマンテ王国と『対等』なのだ。

確かにディアマンテ王国は国力が高く、七つある『常任理事国』の席に座っているが、この七つの席に座る者同士がせめぎあうことで、バランスが保たれている。

ほかの加盟国に対し奴隷であると断言するということは、『国際社会に対し独裁的な態度をとる』ということと同じであり、他の国がディアマンテ王国を一斉に非難する材料にもなる。

確かにディアマンテ王国は、ホーラスがいたことで唯一『魔王登場後からの国力低下』の影響が小さく、世界最大の国家ではあるが、それでも他国が連携すれば敗北は確定だ。

力関係。パワーバランス。

少なくとも国際社会に目を向けなければならない立場の人間が絶対に言ってはならないこと。

それを何の躊躇もなく、疑問にすら思っていない様子で言うことが、エーデリカとリュシアは信じられない。

「加えて、支払い義務を一方的に負わせるというこの行為は初めてのことだ。世界会議の規定にもこれを禁止する事項は存在しない！」

「ほ、本当にそれが通ると思ってるの⁉」

「はぁ……どうやら、口で言っても通じないらしい」

アシュトンは顎で指示を出す。

すると、彼が連れてきた兵隊たちが、一斉に剣を抜いた。

「えっ……」

驚愕するリュシア。

彼女としても、そこまでするとは思っていなかったはず。

だが、次の瞬間、エーデリカがリュシアの前に飛び出して、小さな杖を構える。

「ブフッ、フハハハハッ！　そんな小さな杖で、この三人を相手にできるとでも？」

「一応聞いておくけど、本気？」

「何を言っている。二度も言わせるな。こんな国は奴隷で十分だ！」

アシュトンは何の躊躇もなく、そう言った。

「国がどこかの国にとっては毟り取る対象でしかない。そういう歴史は認めるわ。だけど、それが通ると思ったら大間違いよ」

エーデリカは杖を構えて真剣な表情になる。

だが、アシュトンは歪んだ笑みを浮かべるだけだ。

彼の視線は、エーデリカの胸に注がれている。

『G』に到達するそれが男にとってとても魅力的なのは確かだが、そこまで露骨な視線を向けるのは外交官失格。

なんせ、『それが武器として通用する』と判断されることは、外交において致命的である。接待一つでころころ変わることと同じだからだ。

とはいえ、『世界最大の国家』の宰相にして外交のトップ。『公爵家』の当主であるアシュトンにとって、『自分の弱点』すら、どうでもいいのだろう。

権力という存在の最も大きな負の側面。

……だが、世の中というのは、権力が通用しない領域が存在する。

「……はぁ、こんな空気を『王族の執務室』で作るなよ」

そんなマヌケな声とともに入ってきたのは、ホーラスだ。

「暴言を吐き、剣を抜く。それが宣戦布告と取られてもおかしくないとわからないとは、一体どういうことなのですか？」

そのホーラスの後ろからはランジェアも出てきた。

「……な、なぜおまえたちが……」

自分を威圧だけで黙らせた二人が登場して、冷や汗が流れるアシュトン。

「宮殿の中の緊張感が凄かったからな。宮殿の地下でいろいろ弄ってたんだけど、何かあったんだろうって思って上がってみたら、案の定、アンタがいたってわけだ」

「他国の王族に対し、貴様らの国が奴隷であるなど、正気ですか？」

「わ、私はディアマンテ王国の公爵家の当主だぞ！　絶対的な権力者だ！　こんな鉱石が多少出る程度の貧国など、奴隷も同然！　世界は優れた血筋を持つものが管理するべきなのだ！」

先ほどまでエーデリカたちに剣を向けていた兵隊たちは、ホーラスに剣を向けた。

「……権力者？　お前が？　冗談だろ」

「何を言っている！」

「権力っていうのは、安全保障を成立させるために、『正しいこと』を守らなくても許される権利のことだ。他国を奴隷呼ばわりして戦争の引き金を引くような奴は、権力者じゃなくて犯罪者って呼ぶんだよ」

「誰が犯罪者だ！　ただの平民が調子に乗るなよ！　私が指示するだけで、この宝都を兵上で包囲することも可能なのだ。これが権力！　これが武力！　なにも動かせない平民が私に楯突くんじゃない！」

「……口で言っても通じないか」

ホーラスは右手を開いて、そこに『はーっ』と息をかけた。

そして、蔑んだような視線で男たちを見る。

「ランジェア。リュシアを連れて奥で待っててくれ」

「わかりました」

ランジェアはその場から消えたように動くと、そのままリュシアを抱えて、執務室の奥に引っ込んでいった。

扉を閉める直前、『うわ、ぬいぐるみばっかり……』という声がランジェアの口からこぼれたが、ホーラスは気にしないことにした。

……気にしないことにしたが、一応、後でぬいぐるみでも作っておこうと思った。

部屋に残されたエーデリカは『いったい何が始まるの⁉』と内心ビクビクしていた。

別にホーラスが負けるとは思っていない。が、『部屋とエーデリカが無事』であるかどうかまでは判断できないのだ。そりゃビビって当然。

「さてと、とりあえず肉声言語が通じないからな。肉体言語で教えてやるよ」

「この人数相手に拳でどうにかできると思っているのか！　舐めるなよ小僧！　やれお前たち！」

アシュトンが叫び、兵隊がホーラスに接近する。

「……人を相手にするわりに抵抗がなさそうだな。言っておくがお互い様だぞ？」

ホーラスは拳を振りかぶり、一人の顔面にたたきつけた。

「ごはっ！」

殴られた男は回転しながら吹っ飛んだ。

そのまま、調度品に激突しそうになったが、ホーラスが人差し指でクイクイッと招くと、その体が何かに引っ張られたかのようにホーラスに向かって飛ぶ。

ホーラスは飛んできた……いや、引っ張った男の顔面にもう一発ぶち込んだ。

そのまま、崩れ落ちるように男は地面に倒れて気絶する。

「……な、なんだ今のは！」

「まあ、勉強するとね。いろいろできるようになるのさ。ああ、それと、気が付かない？」

「何がだ！」

ホーラスは殴った男の顔面を指さす。

「殴った直後に傷だけ治して痛みが残るようにしたんだよ。思いっきり気絶するほどの威力でぶん殴っても、こうすれば傷が残らないんだよ」

「き、傷がない……」

「な、なんだその技術は……」

「教えるつもりはないから頑張って見て盗んでくれ」

拳をバキバキと鳴らす。

「というわけで、思いっきりぶん殴られたいやつからかかってこい」

両手でクイクイッと招くが、男たちは尻込みしている。

気絶している男を見て、『次は自分がこうなる』と思ってしまえば、前には進めない。

「な、何をしている！　アイツを殺せ！　こんな奴隷のような国の人間が死んだところで、私の罪にはならん！　早く始末しろ！」

喚くアシュトンだが、男たちはむしろ後退している。

それに対して、ホーラスはため息をついた。

「なんだ？　相手がちょっとでも強いと自分の正義を貫けないか？　別にお前らがどんな主義を掲げようとその善悪は知らんが、敵は選べよ？」

腕をバキバキと鳴らしながら、ため息をついている。

「あ、そうそう、さっき『殴られたいやつからかかってこい』と言ったが、一つ付け加えようか」

拳を構えて……。

「殴られたくないやつは諦めてくれ」

次の男に接近して、胸に拳を叩き込む。

「がっ」

一撃で地面に沈む。

そして、胸を押さえて『ひゅー、ひゅー』と普通ではない呼吸になっている。

それをしり目に、最後の兵隊に近づいて腹に一発入れた。

「ごほっ！」

「あっ……」

ホーラスは男の喉をピンっとはじいた。

「がっ、お、おろ、げほっ、げほっ」

地面に倒れた男だが、顔が真っ青になり、明らかに挙動がおかしい。

「すまんな。流石に王族の執務室でリバースはマズイんで、喉まで来た奴が胃に戻るようにしておいたから、しばらく苦しんでてくれ」

そう言うともう興味はなくなったのか、ホーラスはアシュトンの方を見る。

「な、なんなんだ。なんなんだお前は！」

「ただのゴーレムマスターだよ。たった三人の兵隊を連れてきただけでどうにかなるようなレベルじゃないけどな」

そのままアシュトンに近づく。

「ヒッ、や、やめろ！」

「俺、言ったよな。殴られたくないやつは諦めてくれって」

ホーラスは思いっきり振りかぶると、そのままアシュトンの顔面に右ストレートを叩き込んだ。

「ぶへあっ！」

先ほどの男たちと違って重量があるので飛ばない。

が、一撃で気絶したのか、そのままうつ伏せで倒れた。

「はぁ……雑魚が調子に乗りやがって」

撃沈させた男たちを『雑魚』と称したホーラスだが、『これから何が起こるのか』とビクビクしながら見ていたエーデリカは……良い悪いというより納得できない。

「そ、そう？　立ち姿の隙の無さを考えると、兵隊たち、Aランク冒険者くらい強いんだけど」

「Aランクくらいなら、まあ、ボコボコにして終わりだな」

「おかしい！　それはおかしい！」

世間的にAランク冒険者が何と呼ばれるか。

それは一言で言えば、『天才』である。

その一つ下のBランク冒険者が『上級』であり、『秀才』と呼ばれるからだ。

そのため、Aランクというのは『天才』である。

それを考えると、それを三人、何事もなかったかのように『圧倒』するなど、考えられない。

「まあとりあえず、ずっとここに置いてても仕方ないし、ディアマンテ王国大使館に返品しておくか」

「……それはそうね。ちゃんと抗議文を書かないと」

「武器を向けられても抗議文からか。国際関係って複雑だな」

「小国であることに変わりはないのよ。残念だけどね」

というわけで、エーデリカが人を手配して、アシュトン含めた四人は連れ出されていった。

★★★

「宮殿まで乗り込んできて奴隷扱い。正直信じられないわね……」

「そうよね！　私も言われてびっくりしたわ。その場にいたAランク冒険者三人を軽く殴り倒したホーラスにも驚きだけど！」

「ホーラスがいてほんとによかったですね！　殴らないと通じませんが、傷がないので殴った証拠はない。こんな手段を見たのは初めてです！」

「師匠なら、その程度の技術は当たり前です」

女が三人集まると姦しいになるのならば、四人集まったらにぎやかになるのは当たり前だ。

というわけで、勇者屋敷のロビーではティアリス、エーデリカ、リュシア、ランジェアが一つのテーブルを囲んでいる。

ホーラスは近くのソファーで新聞を読んでいる。

「師匠、一応確認ですが……アシュトンがこれで懲《こ》りると思いますか？」

「うーん……多分、また来ると思うよ」

「え、また？　あんなにボコボコにされたのに？」

エーデリカは本当に驚いている様子である。

なんせ、痛みを伴わない脅迫などではなく、実際に真正面からぶん殴ったのだ。

これでなにも理解しないということは普通ならあり得ない。

それゆえに、ホーラスの『また来るだろう』という予想が理解できないのだ。

「貴族に対して暴力を振るうっていうのは、確かに件数はとても少ないが、ディアマンテ王国でもあった。その結果は、報復ばかりってのが多いよ」

「報復って……」

「舐められたままでは終われない。平民が自分に痛みを与えて優越感に浸っている。それが許せないんだよ」

「……器、小さすぎない？」

「人としての器っていうのは、何かを許す経験を積むことでしか大きくならないさ。我慢じゃなくて、許すって経験をする必要がある」

ホーラスは新聞を置いて、ため息をついた。

「特権階級っていうのかな。そういうのを自覚した人間ほど、『忍耐』っていうのは『悪徳』になるんだよ。我慢できないいんだよ」

「だからまた来ると」

「そういうことだ」

「でも、思いっきりぶん殴られたのに、なんで次も無事って思えるの？　意味わかんない」

「うーん……」

ホーラスは唸っている。

長い間、ディアマンテ王国の王城で勤務していたゆえに、貴族を見ている。

それも、『高位』の貴族だ。

アシュトンのことも知っているだろう。

ただ、理解できているかどうかはかなり怪しい分類だ。

「喉元過ぎれば熱さを忘れるっていうか、でも、本当にそれだけなんだよ」

「それだけって……」

「過去に受けた痛みを忘れるのが早いんだよ。赤ん坊だって痛みを伴ったら嫌がるさ。だけど、アイツらはそうじゃない」

「ちょっと、直感的に理解できないわ」

「うーん……そうだな。例えば、肉を焼く鉄板に指が触れたら、そりゃ熱いわけだ。反射的に指を引っ込めるけど、その時には火傷してる」

「そうね」

「あいつらは多分、数日後には同じ怪我をするぞ」

「記憶力が数日しか持たないんですね」

「いや、鉄板が熱くなってるって、本能で覚えてないの？　ちょっと馬鹿にしすぎじゃない？」

「わかんないよな。俺も最初はわからなかった。だけど、アイツらは自分がストレスを感じるものはなんでも排除できる立場なんだよ。ていうか、癇癪《かんしゃく》を起こされたらたまらないから、下の人間だってストレスになりそうなものを避けようとするんだ」

まだ、普通の人間とは直感的に反する話だ。

ただ、ホーラスはそういう貴族を多く見てきたのだろう。

「いろんな奴を見てきたよ。ただ、高位の貴族っていうのかな。アシュトンみたいな公爵家の人間はマジで何考えてるかわからん。いや、ディアマンテ王国は六大公爵家っていって、公爵家が六つあるんだが、その中でレクオテニデス公爵家と、あとルギスソク公爵家かな。こいつらに関してはマジで意味がわからん。その意味わからん二つがやたらと勢力が強かったし……」

「ルギスソク公爵家……師匠が働いていた王城で幅を利かせていた人物ですね。実質的に、師匠の上司では？」

「そう……だったな」

明らかに記憶が怪しい人間の反応をするホーラス。

もっとも、彼にとってはどうでもいい人間として頭の中で考えているのだろう。

「……まあでも、そこまで言われると、なんだか私たちも同じようなことがあったわね」

「そうですね」

「え、そうなの？」

「魔王を討伐するまでは『冒険者コミュニティ』でしかありませんでしたからね。祖国が滅んだというメンバーも多いですから、どうしてもこちらに対する態度は横暴になります」

「その、なんというか……何を当然と思うのか。そこに違いがありすぎて、口で言ってもわからない人が多いのよね」

「あー。私も留学した時に思ったわ。私、宮廷錬金術師ではあるけど、生まれも育ちも平民だから、なんか『好き勝手にできる』って思われるのよね。こういう外見だし」

Gカップには抗えないのだ。それが男だ。

「私はそんなことしませんよ！」

「まあ、こればかりはどのように育てられてきたかです」

「正直、学校で貧富も立場も関係なく、同じクラスに全員入れるなんて、聞いたことないわ。この国の方が珍しいのよ」

「うーん……小さな国ですからね。どうしても、全員で何とか協力するってケースになるんですよ。それに、外から人が入ってきやすい環境ですし、外からくる人はお金を持っている人も多いですからね」

「それで『国内の平民も貴族も協力して頑張る』なんてのは相当珍しいケースだけどな」

「そうですか？」

「内部の生産力があまり上がっていない状況で、外からかなり人が入ってくるってことだろ？　そ

う いう場合、自国民が何を考えているか無視して、他国の顔色をうかがう政治になりやすいんだよ」

貴族も平民も一緒になって頑張るということは、宿泊施設や食料に関しても自国で作るためにいろいろ頑張っているということだ。

ただ、カオストン竜石国はキンセカイ大鉱脈が存在するゆえに、かなり質の高い金属が手に入る。

それゆえに、外から大きな商会も入ってくる。

国として儲けるというのであれば、そういう外からの商会をできる限り呼び込んで、竜石国側は金属だけを提供し、入ってきた商会が宿泊施設を建てたり、食べ物を持ってきたりして、独自の環境を作る。

これが一番手っ取り早いのだ。

もちろん、こういう方法を取れば、他国と関われる会社に属する国民だけが富を得て、他の大多数は貧民になることが多い。

だが、竜石国は国民のことを考えるゆえに、外から入ってくるサービスをある程度のところで遮断している。

質の高い金属というのは商人も貴族も欲しがるものだが、交渉するときにそこは調整するのだ。

ただ、それで戦えている竜石国もなかなか凄い。

「そんな中、次々と交渉にやってくる相手に対して、『弁えろ』って言えるのは、凄いことだと思うよ」

「私は商人じゃなくて王族ですからね！」

胸を張るリュシア。

……まあ、十四歳ということを加味しても小柄なリュシアが胸を張ったところで『可愛らしい』という感想しか出てこないのが現状だ。

ちなみに、こういった『健気な感じ』が結構出てくるので、リュシアは国民からかなり愛されている。

それゆえに……カオストン竜石国は、国民の八割がロリコンである。それが問題なのかどうかに関しては、すでに手遅れなレベルで大丈夫ではないため、問題ではない。

「……そういえば、アシュトンがこの国を奴隷呼ばわりしたことに関しては、どう決着を付けるつもりなんだ？」

「とりあえず、謝罪の要求はする。あとは、何か物質的に色々ある『フリをする』ってところね」

「フリ？」

「ディアマンテ王国って、カオストン竜石国と比べると本当にデカいのよ。だから、王国側が誠意を示すって言って何かを出した場合、こっちにとってはいろいろ大きすぎて、その利権が制御できないのよ」

「パワーバランスを考えると、とりあえず謝罪だけもらうのが適してると」

「状況によるのは当然よ。ただ、今回の場合はそうなるわ」

「公爵家の失態を補うレベルの誠意はすさまじいことになりますよ。こっちが一気にパンクします」

「そういうものなのか？」

「そういうものなの。ホーラスなら、こう言えばわかるかしら？　『守れないほど大きな利権は身を滅ぼす』のよ」

「なるほど」

理解した様子のホーラス。

まあ、単純な話、人だろうが企業だろうが国だろうが、下手に敵を作らない資産には上限がある。

どんな人間だって、眉間に銃口を突き付けられて『金を出せ』と言われたらそれに応じるしかないわけで、それを回避する最も重要な条件は『必要以上に持たないこと』だ。

夢のない話ではあるが、それがれっきとした事実である。

「……はぁ、カオストン竜石国のような国がある中で、あんな貴族もいると……」

ランジェアはため息をついた。

そもそも、長い間、魔王討伐のために旅を続けてきたのだ。

思うところなど、いくらでもあるだろう。

第十五話　勇者は相対強者ではなく、絶対強者

屋敷の門を取り囲む全身鎧の兵士たち。

顔は見えないが、どこか楽しそうにしているのがよくわかる。

「諸君！　勇者はレクオテニデス公爵家の当主である私に対して、不敬な行いをした。暴力を振るった！　これは許されない行為である。魔王を討伐したからと言って、世界最大の国家の公爵である私に対し、跪かない道理はない！　奴らは平民、私は貴族。私の言葉が正しく、奴らの屁理屈は悪なのだ！　今こそ、正義の鉄槌を下すぞ！　全員を捕らえ、その身を私に献上するのだ！」

「「「「おおおおおおおおおおおっ！」」」」

自前で用意した壇上でアシュトンが演説を行って、兵士たちの士気が高まっている。

これから行われる『狩り』に、笑みが止まらない。

「いやぁ、良い主を持ったもんだ」

「おう、そういや、公爵様が飽きたら、娼館を作ってぶち込むって話だよな」

「てことは、金さえ払えば俺たちもあの体で楽しめるってわけだ」

「今営業されてる娼館も、公爵家の関係者はかなり割引されるし、それは勇者娼館も同じだろ」

「格安で勇者のあの体を楽しめるなんて、最高だぜ」

ずいぶん、『この雰囲気』に慣れている会話が続く。

類は友を呼ぶ、というのか、ここに集まっている兵士たちはみな公爵家の私兵だが、いずれも性欲を軸に考えているかのようだ。

「魔王を討伐した勇者を捕縛したら、俺たちの名も上がるんじゃねえか？」

「ほかの家についていった連中に自慢してやろうぜ」

腰から剣を抜きつつ、ゲラゲラ笑いながらそんな話をする。

なぜ、『勇者コミュニティ』を相手に、ここまで呆れた判断ができるのか。

簡単に言えば、『ほぼ抵抗されない』と思っているのだ。

魔王を討伐するというのは確かに、世界に認められるほどすごいことだが、ディアマンテ王国の公爵家の兵士に剣を向けることは許されないことだと。

そう、『世界に認められるほどの功績』という格を、『公爵家』の格が上回っていると、本気で……というより、無意識に思っているのだ。

確かに世界は広いが、ディアマンテ王国は『世界最大』なのだから、その公爵家の力は絶大で、世界を上回ると。

だからこそ、反撃されないと、無抵抗で『狩り』ができると思っている。

そう考えることができる根っこの部分は、魔王が討伐されてから、最も『好き勝手』にできているのが、レクオテニデス公爵家という存在だからだ。

ホーラスが以前語ったこととして、『性欲を扱う商売の完全廃止』を訴える平民がいたというものがあった。

人間は社会的な問題が発生した時、自分で考えるのを嫌がるゆえに、自分でバランスを取るのを嫌がるゆえに、『極論』を持ち出そうとする。

魅了による男性支配を行う美貌の魔王がいたことで、この発想が出てきたわけだが、ホーラスとしても、避難民を多数受け入れながら王都の運営をする必要があるわけで、人手が足りない。

そこでホーラスは、『性欲』が強く、『娼館』という市場に対して強い感情を持つアシュトンを利用したのだ。

『利用する』ということは、『一部であろうと公爵家の行動が邪魔されていない』ということ。

ホーラスは城で勤務していたがゆえに公務の名を借りた規制や妨害も可能だったが、その中で、レクオテニデス公爵家は一部……それも、娼館関係はほぼ邪魔されていなかった。

それだけ『他者が困っている間に好き勝手に出来ている』という優越感で、現実が見えていない。

「それに、アイツら、アシュトン様に暴力を振るったって話だろ？」

「馬鹿だよな。自分が誰に手を出したのかわかってねえ証拠だ。痛みを忘れるのは早いけど、屈辱はずっと覚えてるからな。執拗《しつよう》に責められるに決まってんのに、これだから学習しねえ奴は」

「まあ、その馬鹿が馬鹿なことをしたおかげで、俺たちはいい思いができるんだ。歓迎しようぜ」

ホーラスがアシュトンを殴ったことに関しては、傷が一切残っていないため、どんな医師に見せたところで『殴られた』という証拠を示すことはできない。

なお、その証明ができなかった医師は、すでに解雇されている。

アシュトンにとって、正しいかどうかではなく、自分にとって都合がいいかどうかで判断するのだ。

それゆえに、傷があり、証拠になると嘘をつくものが残されるのだ。

……もっと言えば、そもそも論として、アシュトンのような人間は殴られていなかったとしても殴られたということにする場合もある。

嘘発見器と『呼ばれる』魔道具もこの世界には存在するが、そういうアイテムは大体が嘘発見器ではなく、都合の悪い真実を言った場合に、遠くから手動で動かすものだ。

アシュトンのような人間は、それが許されると考えているわけではない。

「考えている」というと語弊がある。

彼らのような人間は、それを無意識に、認識の外で、都合の良い事ばかりを頭の中で考えて、そしてそれが通るとしている。

だからこそ、他者の尊厳など気にしない。

一応、これまでの経験から、『大義名分』くらいは必要だと分かっているが、その程度。

だからこそ、横暴の限りを尽くしたところで、罪悪感などかけらもないのだ。

「突撃だあああああっ！　勇者コミュニティのメンバーを、全て捕縛し――」

アシュトンの言葉は、最後まで続かなかった。

『ここまで愚物が多いと、時々疑問に思う』

ランジェアが圧倒的な『威圧』を放ちながら、屋敷から出てきた。

『最近は魔王に、王都まで攻め込んでもらえばよかったのではないかとすら、感じる』

アシュトンに向かって、まっすぐ歩く。

『魔王に支配された人間は、魔王が討伐された後も、魔王に絶対の崇拝をささげる。それを解く方法はなく、動けないように拘束するか、殺すしかなかった』

滝のような汗を流すアシュトンに向かって、まっすぐ、まっすぐ歩く。

『実際、魔王が現れ、愚かな男が全て虜になり、殺す大義名分を得たことで処理され、新しく生まれ変わった国もある』

ランジェアは、アシュトンの前に来た。

絶対的強者の眼で、彼を見下ろした。

そのましゃがむと、胸ぐらをつかんで、顔を自分に向けさせる。

「ヒッ――」

恐怖の声が口から洩れる。

圧倒的強者。絶対的強者。

そう。『これ以上、人の形を保ったままで、これ以上強くなれないのではないか』とすら思えるような、そんな『強者の眼』をしている。

そして、先ほど語られた言葉。

それはアシュトンの心に刻まれ……『魔王に支配され、殺す大義名分すらほしいと思う』とも取れるような、そんな言葉を彼に理解させ、背筋を凍り付かせる。

『何を考えていようと構わない。私は主義の善悪など興味はない。ただ……邪魔をするなら』

至近距離で、アシュトンの眼を覗き込む。

『見せしめになってもらおう』

手を放して、アシュトンが崩れ落ちた。

『さっさと帰れ。今なら五体満足で帰してやる』

アシュトンの胸に希望があふれ……。

『世界会議を臨時で開いてもらおうか。楽しみにしていろ』

すぐに、彼のすべては絶望に塗りつぶされた。

第十六話　王都王城で語られる、『本当に大切なこと』

ディアマンテ王国。王都の城のバルゼイル執務室にて。

ライザが扉を勢いよく開けて、封筒を手に叫ぶ。

「陛下！　レクオテニデス公爵家当主のアシュトン・レクオテニデスが、リュシア王女殿下に対し、明確に『竜石国が王国の奴隷だ』と言い放ち、私兵がラスター・レポート本拠地を包囲！　勇者の威圧で全滅しました！　勇者からの手紙が届いています！」

「読みたくない。マジで読みたくない」

「ですが、『親展』と『絶対に読め』と書かれておりまして……」

「えー……」

「えーじゃありません！　こちらを！」

封筒を受け取ると、開封してめちゃくちゃ嫌そうに読む。

……十数秒後、はぁ……とため息をついた。

最初は顔色が青かったが途中で普通の色に戻ったので、どうやら『バルゼイル本人としては致命的ではない』ということなのだろう。

別に安心できる内容とも思えないが。

「正直に言えば、私は読む前、アシュトンの暴走の責任を取らされると思っていた」

「実際には違うと？」

「ああ、勇者はどうやら、思ったより本質が見えるらしい。今回のアシュトンの暴挙で、私に責任を負わせる気はないそうだ」

「それでは、手紙の内容はどのような……」

「簡単に言えば、『世界会議』を臨時で開けということだ。その際、『会見』を開くから、『勇者に難癖をつけたいやつを全員呼べ』だそうだ」

「そ、それは……」

「ああ、明らかに、『一網打尽』にする気だろう」

バルゼイルは思い出す。

勇者の功績をたたえるあの『式』の場で、カオストン竜石国に身を置くと決まった時、工たちが、勇者を責められないがゆえに、リュシア王女を『睨む先』としたために……全員が威圧された日のことを。

圧倒的にして絶対的な強者であるという事実が、剣を持たず、ドレス姿で立っていただけのランジェアから放たれ、『王』が威圧されたのだ。

あの日のことを思い出すだけで、『敵対する気』が起きない。

「……陛下。確か、あの『式』の日に、威圧されたことがあるとか？」

「ああ。そうだ。アレは今でも忘れん。たかが十七の少女が放っていいものではなかった。そしてそれは、あの場に参加していた者たちも同じだろう。敵対すべきではないと心に刻んだはずだ」

「……ただ、陛下はあの後も、勇者とその師匠を自分のものにできると躍起になっていましたが」

「何故勇者の師匠がこの国を選んだのかがわからなかったからな。それに、最初勇者は、『師匠の一夫多妻』を求めていた。その師匠をコントロールできれば、勇者が手に入ったも同然と思っていたのだ……悪いか？」

「はい」

「だろうな。私もそう思う」

手紙を見るバルゼイル。

「世界会議を開けと言っている以上、多くの国を参加させるのが望みか。難癖をつけたい連中か。確かに多いだろうな」

「『魔王討伐を期待されていた上流階級の人間』は実際に多いですから……」

「ただ、そういった者たちが何もできなかったのも事実だ。努力することは重要だが、必要なのは魔王を討伐するという結果だからな。しかも、その努力すらしなかったものが実際は多いのだろう？」

「……事実を言えば、そうなります」

「……はぁ」

バルゼイルはため息をつく。

「手紙に書かれているのだがな。勇者は、『主義の善悪に興味はない』と言っている。要するに……何を恥とするのかも興味がないということだろう」

「それは……器が広い」

「たかが十七の娘に、器で負けていると思いたくはないな。もっとも、『許す』という経験を積まなければ、『人としての器』が育たぬのも道理」

バルゼイルは手紙を机に置くと、あごひげをなでる。

「会見。荒れるだろうな」

「間違いなく」

「世界会議は、宗教組織が圧倒的な権力を持っていた時代に起こった『大事件』から教訓を得て、『人が神から自立する』と掲げたことで成り立ったものだ。宗教関係者を呼ぶことはできんが……」

「『貴族』に、『勇者がどういう存在なのか』を知らしめる。というのが目的でしょう」

「そうだな。あの『屋敷』に限っても、我が国の伯爵や公爵が問題を起こしている。『神血旅《しんけつりょ》』の内、『血《ち》』を震え上がらせる気か。流石、『勇者』と言ったところだ」

神血旅とは、『宗教国家』『血統国家』『冒険者』をそれぞれ示す言葉だ。

冒険者は今でこそ何でも屋といった側面もあるが、もともとは『未知』を暴く旅に出る者が寄り集まってできたもので、冒険者を一文字で表すなら『旅』とする文化がある。

そして、人間が何かに属する場合、この『神血旅』のいずれかになるという社会学者もいるほどで、それだけ、神と血と冒険者ギルドは『力がある』としているのだ。

「……勇者の師匠。来ると思うか？」

バルゼイルはポツリと言った。

ライザは少し考えている様子。

「少なくとも、私がその師匠という立場なら行きます」

「何故？」

「弟子の功績に難癖をつけられているのですから、師匠として顔を出さないわけにはいかない、と私は思いますが、実際に勇者の師匠がどう考えるのかはわかりません。その、『主義の善悪に興味がない』という発想も、師匠から得ているはずですから」

「ふむ……私も来ると思っているがね」

バルゼイルは、特に迷った様子もなくそう言った。

「世界というのが、愛想が尽きてもいいと思えるほどなのかどうか、判断材料としてわかりやすい場所だからな」

「では……」

「仮に愛想が尽きた場合、何かあった時、少なくともカオストン竜石国は守られるだろうが、その他は必要でなければ放置だろう。強者が弱者を守るという意見に闇雲な確信を持つ者もいるが、『主義の善悪に興味がない』という以上、師匠が持つ力は、誰かを守るためのものではないのだから」

「それは……」

「お前も、城に設けた開放スペースで、厚顔無恥なクレームをつける平民たちを見ただろう。『何があってもこいつらを守りたい』と思ったか？　お前に与えている権限は多く、誰かを守る力を行使できるがな」

「……それは……」

ライザの声が細くなっていく。

「もっと言ってやろうか？　仮に守ったとしても、『ありがとう』なんて言葉は返ってこないぞ」

「あっ……」

そう、ライザは気づいた。

勇者に対し、『世界を救ってくれてありがとう』と、思ったことがないと。

しかし、それも当たり前か。

ディアマンテ王国はもっとも、魔王の侵略の影響が少ない地域だ。

それをディアマンテ王国の力とするものは多いが、実際はホーラスがゴーレムマスターとしての力を使っていたからだ。

ディアマンテ王国民や、この国に避難してきた者たちは、ディアマンテ王国だから栄えていると思っているのだ。

しかし、そんなことはありえない。

魔王という存在は、そこまで舐めていい存在ではない。

そんな存在に対し、王都にはホーラスがいて、そしてホーラスが鍛え上げた勇者コミュニティが最前線で戦っていたからこそ、王都は今もある程度の水準を維持している。

それを理解していないがゆえに、誰も、勇者コミュニティに対して、『感謝』を述べたことがないのである。

「功績に対し褒美を与えるというのは、『評価』にすぎん。魔王を打倒した勇者に対し、『感謝』が足りん。勇者を絶対崇拝しろと言いたいのではなく、胸の中で、無意識に、『世界は勇者が救ってくれたのだ』と思わなければ……」

バルゼイルは空を見る。

「勇者が救った世界が安くなる」

「……」

ライザは言葉も出ない。

「次に開かれる『会見』は、それほど大きな意味を持つ」

「では……」

「勇者は、『難癖をつけたいやつを全員呼べ』といった、最善は、その会場に『誰も来ないこと』だ」

「それは……ありえません」

「……安いな。この世界も」

そう言って、バルゼイルは部下に背を向ける。

ライザは一礼をして、部屋を出ていった。

扉が閉まる音を聞いて、バルゼイルはつぶやく。

「さて……私は世界最大の国家の長として、『世界を高くする行為』を為すとしよう」

第十七話　世界を変える会見

世界会議を開く。としたが、その実態は、『多くの国を遠慮なく巻き込むため』だ。

自分たちに難癖をつけたいと考えているものを全員呼べ。

会見の場に集められた者たちは、『勇者を前にする』という状況に立ち、一瞬、怯んだのは間違いないだろう。

しかし、彼らは、民ではなく、『家』を愛しているがゆえに、そして、常に顔色を窺っているがゆえに、『ここにいるのは味方だ』と判断するのは早かった。

アシュトン・レクオテニデスの暴挙を徹底非難し、その上で、『勇者を舐めすぎている』というランジェアの主張から始まった会見。

『何か言いたいことがあるのなら、言ってみなさい』と……それから、十分は経過しただろうか。

「魔王を討伐したからと言って調子に乗るな！　我々は貴様らの功績は確かに認めた。だが、権威まで認めたつもりはないぞ！」

「貴様らは平民！　そもそも、貴族のために尽くすことが当然なのだ！　世界を救う力を手に入れたのなら、それをもとに貴族と蜜月の関係を築くべきだろう！」

「魔王討伐後のこともそうだ！　世の中に貴族があるからこそ、世界は魔王の侵略から耐え忍ぶことができていた！　勇者だけで世界を救ったなど、思い上がりも甚だしい！」

「ゴーレムマスターが師匠だと？　ふざけるな！　あんな土の人形で遊ぶような奴らが、平民を鍛え上げただけで魔王を討伐できるか！」

「そうだそうだ！　何か裏があったに違いない！　不正だ！　これは正しく処罰されなければならない不正だ！　洗いざらい話してもらおうか！」

「加えて、勇者は勘違いしている。魔王討伐の旅で得た財貨を全て世界会議に、そして貴族に献上することで、貴様らは世界に認められるのだ！」

「それで借金を作らせておいて、『世界を救った』など、自己矛盾もいい加減にしろ！　外見はいいようだが、中身は醜悪のようだな！」

出るわ出るわ、勇者ランジェアと勇者コミュニティ、そして彼女らの師匠であるホーラスへの罵詈雑言。

……さすがに世界会議の施設に設けられた会見の場で、『勇者が魔王を討伐したという事実』を認めないという発言はできない。

勇者の行動に納得がいかないからと言って、『実は魔王は討伐されていないのではないか』というところまではいかない。

魔王討伐は世界会議そのものが認めたことであり、彼らは貴族だ。『王』が決めたことに、公の場で真っ向から否定することはできない。

とはいえ、非難のセリフなどというのは、普段から他人の揚げ足取りをしている人間からすれば、いくらでもあるのだろう。

ランジェアが何も言い返さないのをいいことに、次々と口を開く。

何も言わない……いや、あまりにも怒涛の言葉の濁流が降ってくるゆえに、話すタイミングすらないというのが正しいだろう。

「その上で、カオストン竜石国に身を置くなど、あるまじき行為だ！　コミュニティのトップである勇者は、世界最大であるディアマンテ王国の王太子と婚約すべきだ！」

「そうだ！　幹部の連中も、世の中の大国の王子たちと関係を結ぶことは義務だ！」

「勇者の師匠という男も、これから世界に何が起こるかわからないというのに、何故勇者と一緒に竜石国に身を置いた！　その知識と技術を世界にささげ、教鞭をとり、世の中を導いていくべきだろう！」

「何を為すべきなのかが全くわかっていない。だから貴様ら平民は愚かなのだ！」

やってきたことの非難を並べた後は、魔王討伐後の身の置き方。

というより……勇者コミュニティと、ホーラスの『未来』のことだ。

ここに集まっている貴族たちは、『平民の自由と未来を奪う権利を持っている』と無意識に思っている。

権威主義……いや、貴族主義と選民思想の典型的な悪性。

貴族の言うことは平民にとっては正しいことであり、それが絶対的不可侵を保ち、妨げられることはあってはならない。

世界会議は『神からの自立』を唱えた国家の集まりだが、自分が神にでもなったつもりか。

『記者』とは異なる。矢継ぎ早に質問を浴びせかけ、そして自らにとって都合のいい方向へ誘導する『記者』とは違う。

最初から『貴族である私たちに全てをささげろ』という、全ての『道理』を無視し、『無理』を通すかのようなもの。

（……そろそろいいでしょう）

そう、ランジェアは内心でつぶやく。

確かに、今回ランジェアは、『難癖をつけたいやつを全員呼べ』と言った。

そうなれば、このような状況になるのは火を見るよりも明らかだろう。

それはそうだ。

ランジェアは彼らに対し、ゆっくりと手のひらを見せて……

『お静かに』

ピタッ――と。

ランジェアが発した一言で、貴族は全員。黙った。

それは……そう、強引に言葉をつけるなら、『いきなり極寒の大地に放り込まれ、誰も助けは来ない』と理解させられたような、そんな全身が震えるほどの圧力を、彼らは感じている。

『勝手に盛り上がりすぎだ。我々が身を置いた国の王族を奴隷呼ばわりし、勇者の屋敷を包囲し、我々の体が貴様らの性欲を満たすためのおもちゃに過ぎないと、レクオテニデス公爵家の当主が主張した。それに対し、思うところはあるかと諸君に聞いて、結果はこの有様。魔王討伐を達成した勇者に対し、世界会議が、謝罪する気がないと主張しているに等しい』

……誰かが、息をのんだ。

『貴様らがどんな主義を掲げようと構わないし、その主義の善悪を問うつもりもない。そんなのは時間の無駄だ。だが、あまりにも、魔王討伐において何もできなかったものが多すぎるというのに、我々に対し、何もかも勘違いしている』

集まった全員を眼光だけで黙らせ、押さえつけ、一方的に『わからせる』という所業。

それは強者の特権。権力者は似たようなものを持っていると勘違いしがちだが、彼らが持っているのはあくまでも人が構築する社会の中で生まれた『相対的』なものだ。

勇者という存在が持つ、『絶対的』な圧力の前では、何も意味がない。

そう……勇者の強さは、一度ふるえば、そこにある正義も悪も、いつの間にか踏みつぶしているような領域に達している。

そういう存在を、彼らは敵に回したのだ。

彼らは後悔しているだろう。

なぜ逆らったのか。

なぜ調子に乗ったのか。

なぜ、何故、ナゼ……。

『師匠は私に、力を与えてくれた。それで私は魔王を討伐することができた。お前たちに何ができた？　何もできなかったものが、何かを為したものを批判するな。邪魔しない距離で我々から何かを見て真似て、何かを見出すというのならともかく、その在り方を否定し、自らのものになれと、そんな恐ろしいものを何も知らない、無知な血脈が調子に乗るなよ』

ランジェアは言葉を続ける。

『まったく、お前たちには――』

……その時、奥の扉が開いた。

「世界に対し、愛想をつかすのは待ってくれんか？」

『……誰だお前は』

「体格も雰囲気も変わりすぎてわからぬかな？　バルゼイル・ディアマンテだ。あの『式』の日以来だな。勇者ランジェアよ」

まだ、『ランジェアの威圧は続いている』。

だがその中で、バルゼイルは王として、貴族全員が跪く『魔境』の中で、まっすぐ歩いていた。

★★★

バルゼイル・ディアマンテの登場。

この状況に、貴族たちはどう思うだろうか。

勇者の威圧の中を進む王を見て、『期待』しているのかもしれない。

自分たちは正義なのだと、そう強く宣言してほしいと。

『随分様変わりしたな。しかし、王を集めての会議はのちに開かれる。ここは難癖をつけたいやつを呼んで、私の力を刻み付ける場所。お前に用はない』

「まあそう言うな。私も難癖をつけに来たのだ。『せっかく勇者に言いたいことがあるのに、難癖をつけたいものだけを呼ぶなど、なんとももったいない』とな」

『……』

通常、ランジェアはですますを使った丁寧語だ。

しかし、現在はその気配はなく、今なお、バルゼイルに対して威圧している。

……そう、勇者コミュニティは、これまでにディアマンテ王国の貴族が起こした問題の首謀者とその動機がわかっているゆえに、バルゼイルに対し『責任』を問うつもりはない。

だが、『アンテナのオマケ』のインゴットでホーラスが喜んでいるので『敵』にはしないものの、別にホーラスに対し明確な謝罪もないので、『許しているわけではない』のだ。

だからこそ、遠慮する気は毛頭ない。

「私はこの場にいる者たちの意見に賛同するために来たのではない。ただただ、私の言いたいことを言いに来た」

『ほう？　言ってみろ』

威圧を一切緩めないランジェア。

だがその中で、バルゼイルは静かに告げる。

「前に開かれた世界会議で、常任理事国をはじめとする『王』たちは、勇者コミュニティの功績を評価し、褒美を与えた。ただ、最も大切なことを忘れていた」

『大切？』

「そうだ」

バルゼイルはゆっくりと、頭を下げる。

「勇者ランジェアよ。勇者コミュニティ『ラスター・レポート』諸君。そして、彼女らを導いた勇者の師匠ホーラスよ。魔王を討伐し、世界を救ってくれたことを、心より感謝する」

『……』

ランジェアはバルゼイルからの『感謝の言葉』を聞いて……威圧を解いた。

次の瞬間、金縛りにあったかのような貴族たちがバタバタと動きを取り戻し、席に崩れ落ちる。

「感謝。ですか」

「そう。感謝だ」

頭を上げて、バルゼイルはランジェアをまっすぐに見る。

「……私個人は、他人の成長を認められないほど、嫉妬深い性格ではありません。ただ、あえてこう言いましょうか？　『何を今さら』と」

「そうだ。そう問う権利がある。私たちは、あまりにも勇者の名を軽んじ、不快なことをやりすぎた。世界を救ったというのに、世界に可能性がないのなら、やはり見限るのに苦労しない。それは変わらん。だから私は、可能性を示そう」

「貴方が？　可能性を？」

「そうだ」

バルゼイルは頷く。

「勇者殿のその威圧、確かに強力なものだが……確か、『こう』やるのだったかな？」

次の瞬間、バルゼイルの眼光が輝き、赤いオーラとなって会見の場を満たした。

再び、貴族たちは押さえつけられることになる。

ランジェアはそれに巻き込まれておきながら、涼しい顔だ。

というより、『赤いオーラ』となっているが、『色がついているかどうか』は『本気度』を現しているだけで、威圧の『強度』ではない。

魔王を討伐し、世界を救った少女を押さえ込もうというのなら、そんな付け焼刃では何も意味がない。

「……っ！」

ランジェアもまた、威圧を放った。

色がついていない。無色のそれ。

だが、莫大な圧力は、バルゼイルが放った赤いオーラを、一瞬で霧散させる。

「……フハハハハッ！　付け焼刃では到底無理だと思っていたが、まさかこうも簡単に『負ける』とはな！　なんとも不甲斐ない」

笑うバルゼイルだが……ランジェアは彼の行動の真意をつかんでいた。

それは、『威圧を放てるほどの男に、王になったバルゼイルだが、それでも勇者には遠く及ばず、勇者は圧倒的な高みにいるのだ』と。

そう、貴族たちに見せつけるため。

世界最大の国家の長が放つ『覇気』であろうが、到底、敵わない。

そう見せつけることが、彼の目的なのだ。

「……らしくないことをしますね」

「そのらしくないことをさせるほどの『事実』が、我が国にはたくさんあったのだ」

バルゼイルはランジェアをまっすぐに見ている。

「さて、君たちの師匠、ホーラスにも会いたい。私は彼に、謝らなければならないのだ」

「……そこまで言われると、出ないわけにはいかない」

高級な黒スーツを着たホーラスは裏から出てくる。

彼としても、『ここまで言われたら』もう出るしかない。

ランジェアの傍まで歩いて並んだ。

「君がホーラスか。長い間、君を我が城で働かせて、何も報いることができなかったこと、深く謝罪する。この通りだ」

バルゼイルは再び、頭を下げた。

ホーラスはそれを見て、ため息をこらえた。

「顔を上げてください。アンテナについていたオマケですが、とても気に入りましたから。アレをくださるのであれば、ディアマンテ王国で働いた甲斐があります」

「そうか、なら……私と君の間に、これで貸し借りはない。君は我が国よりも竜石国に魅力を感じているから、そこに身を置く。これでよいな？」

「ああ……少し、『城に帰ってこないか』って言われると思ってましたが」

「その未来はもう捨てた。我が国は、あるべき姿に戻り、私の力で強くする」

バルゼイルはホーラスを見て、少し、決意を胸にしたような雰囲気になった。

「勇者の師匠ホーラスよ。その威圧だが、一度ぶつけ合わんか？」

「それはどういう……」

「千の言葉を交わすより、そちらの方がわかるだろう」

「……『あの本』を読んだんですね。なるほど、いいでしょう」

「ならば……っ！」

バルゼイルは再び、赤いオーラを放つ。

先ほどランジェアに放った時より、もっと強いだろう。

……だが、ホーラスの瞳が少し光り、たったそれだけで、バルゼイルは疎か、『全て』が押しつぶされたかのような、そんな『幻覚』が発生した。

「……ぐっ、おおっ、こ、ここまでか」

「立っていられるとは思ってなかったですよ」

「そうだろう。そうだろうな。私も驚いているほどだ」

バルゼイルはランジェアを見る。

「勇者よ。あの時の、無知で、無能で、愚者であった男が、これほどの男に、王になれる世界。君が救った世界は、そんな『可能性』があるのだ。我らに流れる血は、まだまだ可能性にあふれている」

バルゼイルは少し、笑みを浮かべた。

「世界に愛想を尽かすのは、もう少し、待ってもらえないだろうか」

それに対するランジェアの返答は……。

「……」

何も言わない、だが……パチパチと、手を叩く。

拍手だ。

彼女の瞳に、バルゼイルを下に見る色はない。

バルゼイルが『世界の可能性を示した』ことに、拍手を送っている。

「完敗ですね。確かに私は、世界というのは思ったより、見限っていいのではないか。愛想を尽かしてもいいのではないかと思っていました。ですが、違うと、今ここで証明するとは……」

言葉が見つからずに考えているようだが、数秒でまとまったようだ。

「これが、『王』ですか。勇者というのは、何を成し遂げたかという結果に過ぎませんが、『王』というのは、『存在そのもの』なのですね」

ランジェアは瞳を閉じて……すぐに開く。

そこには、少し、良い笑みが浮かんでいる。

「魔王討伐への感謝の言葉。絶対に忘れないと約束しましょう」

「ふぅ、この場はこれで良し。私は調子に乗った貴族を放り込むダンジョンを選ぶという仕事が残っているのでな。これで失礼する」

「良ければ資料を渡しますけど、必要ですか？」

「城で長年勤務した君からの情報だ。ありがたく受け取ろう。後で城に送ってくれると助かる」

「なら、そのように」

「では、私はこれで失礼する」

バルゼイルは踵を返すと、扉に向かって歩いていった。

……一応、この場にはディアマンテ王国の貴族たちもいるわけで、なんだか実質的な死刑宣告があったような気がするが。

しかし、とんでもない圧力に何度も晒されて、腰が抜けている彼らに、抵抗の余裕はない。

バルゼイルが部屋を出るまで、誰も何も、話すことはなかった。

★★★

世界会議を開いたわけだが、今回の場合、『メイン』は会見のほうだ。

王たちが集まって何をするのかという話だが、言ってしまえば『調整』と言ったところだろうか。

『あまりにも世界中の貴族が勇者に対して罵詈雑言』をぶつけまくっているのだから、こんなものを新聞に書けるわけがない。

毎日毎日、勇者屋敷に謝罪の使者が訪れるという邪魔の権化のような話になる。

しかし、暴言を吐いたことは事実であり、それを取り消してはマズイ。

そして、バルゼイルはあの場で『謝罪』をしたが、それはこれまで彼が非礼を行ったホーラスに対するものだ。

別にその場にいた貴族たちの愚行に対して頭を下げたわけではなく、本当に『言いたいことを言った』だけだ。

各国の王からすれば、『その場で貴族の愚行を謝ってくれればよかったのに』と思っているだろうが、そもそもバルゼイルは自国の貴族に対しても『調子に乗ったやつはダンジョンに放り込む』と明言しており、庇う気は一切ない。

というわけで、暴言をぶちまけまくったあの場の着地点をどうするのか。暴言を吐いたものに対しどのような罰を与えるのか。

世界会議で話さなければならないのは、主にそういった内容だ。

なお、世界各国の貴族を集めるために世界会議を開かせ、そこで副次的に使えるようになる『会見の場』を使っただけで、ランジェア自身は『王』ではないので、会議への出席はできても議決権はない。

そんな場所にいても、頭がよくないランジェアは面白くないので、『自分たちで決めてください』ということになった。

そんなわけで会議が行われ……同時に、『自暴自棄』の種もまた、芽吹いていた。

★★★

「くそっ！　我々が罰を受けるだと。これは間違っている。これはあまりにも不当だ！」

今回部屋に集まっていた貴族は『処分が下るまで待機』となっており、世界会議の施設に用意された部屋で軟禁されている。

「陛下があれほど勇者と対等な関係になったのだ。ならば、ディアマンテ王国の辺境伯である私に対し、罰を与えるなど言語道断！　ダンジョンに放り込むなど、絶対に認めん！」

「そうだ！　ディアマンテ王国と親密なメルエイド王国の公爵家である私がどれほど王国に尽くしているとお考えなのか。勇者と言えど調子に乗りすぎだ！」

……話していることからわかるように、彼らはディアマンテ王国の貴族と、王国と親密な関係を築いていた国家の貴族である。

なお、王国には公爵家が六つ存在していた。

ザイーテが当主を務めていた『ルギスソク公爵家』と、アシュトンが当主を務めていた『レクオテニデス公爵家』の二つ以外にも、四つの公爵家が存在している。

いずれも国政にかかわる家系であり、正直に言って無能であるザイーテやアシュトンと違って『普通』なため、『仕事があった』ゆえに調子に乗るタイミングがなかった。

それゆえにこの場に来るようなことになっておらず……そもそも、権謀術数の経験があるものなら、ザイーテやアシュトンを当て馬にして『勇者の出方をうかがう』のも戦術の一つだろう。

まあ、『押しに弱い性格ならいろいろ考えてみようか』などと考えていたら世界会議まで開かれてしまったので『こいつらはヤバい』という結論になったようだ。

なお、この場に集まっている貴族の大半は、もともとルギスソク公爵家やレクオテニデス公爵家の派閥にいた者たちであり……まあ、『類は友を呼ぶ』と言ったところか。

「陛下は我々の血の尊さがわかっておられないようだ。以前のような賢王ではなくなったということ。我らが陛下に正しい道を示すために行動することは、正義だ！」

「そうだ！　バルゼイル国王陛下を正しき王にすべく……『アレ』を使うぞ」

「通信魔法が使える者はいるか？」

「もちろん」

誰かが手を掲げると、そこに魔法陣が出現した。

通信魔法を要求しているので、これを使って声を届けられるのだろう。

「伝令だ！　ディアマンテ王国の王都に、『霊天竜ガイ・ギガント』を呼び出せ！　召喚石はレクオテニデス公爵家の屋敷の地下に保管されている！　早急に召喚し、王都を制圧しろ！」

通信終了。

「ククク、召喚石を用いれば、出現するモンスターの制御もたやすい」

「我々を評価しない王を正しい方向に導くため、王都の民には犠牲になってもらわねばな」

「ただ、大丈夫でしょうか。カオストン竜石国で『小規模実験』をチオデ伯爵家に命令した時、あまりいい結果が返ってこなかったという話ですが……」

「小規模の実験だからこその失敗だろう。今回は全力を出す。それで失敗などするものか」

そうして笑っている貴族たち。

……数秒後、扉が開かれた。

「さきほど、通信魔法の反応があったぞ！　傍受内容は、『霊天竜ガイ・ギガントの召喚と王都の制圧』だそうだな！」

「「「!?」」」

騎士の格好をした男が入ってきて叫ぶ。

その内容に、貴族たちは震えた。

「世界会議の本部の場で、ここまで愚かなことをするとは思っていなかったぞ！　国際的な犯罪者になりたいようだな。覚悟しておけ！」

★★★

「……人は愚かですね。師匠」

「俺たちは貴族が作る『利益』に興味なんてない。だからバルゼイル陛下は、『徳』を示した。ただ……その姿を見てなお、『恥』が理解できない。受け入れられない人間はいる。器の差だな」

「私や師匠のあの威圧を受けた後で、こんな……」

「いや、今のアイツらの標的は、俺たちじゃなくて陛下だ。貴族が束になれば王に匹敵するだけの影響力があるのも事実。だから、俺たちが簡単に陛下に勝ったから、貴族たちは陛下を過小評価してるんだろ」

「……まあ、ここはバルゼイル陛下の顔を立てておきましょう」

「そうしておけ。今頃は冷や汗がとんでもないことになってるだろうからな。会見の場でも手汗がすごかったのに」

会見の場で握手を求めるという行為がなかったのはそんな理由があったりする。

「それで、ガイ・ギガントはどうしますか？」

「俺が片付けるよ。倒し方を工夫すると貴重な鉱石が手に入るからな。ただ……少し使いたいものがあるな。バルゼイル陛下は何処だ？」

「バルゼイル陛下ですか？　控室にいると思いますが」

「なら、そこに行こう」

★★★

「どおおおおおおしてあいつらはこういうことばっかりするんだクッソオオオオッ！」

バルゼイルは絶好調……ではなく、絶叫状態に陥っていた。

「陛下、正気を取り戻してくださいぃ」

「お前冷静だな！　あの会見の後だぞ。それでよくもまぁそんな平気な顔ができるな！」

世界会議の本部における『控室』は二種類。

基本的には『元首』と『元首以外』といった種類だ。

そもそも高位のものしか世界会議には来ないため、このような分け方で十分なのである。

で、その『ディアマンテ王国・国王控室』で、バルゼイルはいつもの部下……ライザを連れ込んでいたが、めちゃくちゃ冷静なので感情の行き場を見失っていた。

「いえ、ガイ・ギガントなのですが、大昔に『ドワーフの剣聖が討伐し、彼の故郷は大発展を遂げた』と記録があったはず。言い換えれば『貴重な金属が手に入る』ということですから……」

「ホーラスが動くはず、ということだな」

その時、ドアがノックされた。

「陛下、よろしいでしょうか。勇者ランジェアと師匠ホーラスが来ております」

「通せ」

「ハッ」

ドアが開くと、ランジェアとホーラスが部屋に入る。

「ホーラスよ。王都に向かってくれるか？」

「そのためにここに来ました。ただ、一つ言質《げんち》を取りたいことがありまして」

「言質？」

「ええ、ディアマンテ王国の地下にあるアンテナ。アレを借りたい」

「……普通なら聞きに来ないだろうな」

「でしょうね」

バルゼイルはため息をついた。

そう、本来なら、ホーラスは『借りたい』とは言わない。

そもそも、ディアマンテ王国がラスター・レポートにしている借金返済のために、アンテナを譲るという話になっているからだ。

よって、普通ならば『借りたい』とは言わない。

運べるがとても重い物質なので『現物はまだ王都にある』として、その『王都にあるアンテナを勝手に使う』というのが普通だ。

「あまり知られてませんが、インゴット一つならともかく、アレほど大きなものになると、手放すのにいくつもの書類が必要ですから。運搬期限も遠いですし、『まだあのアンテナは書類上はディアマンテ王国のもの』ってことになる」

「そうだ。正直、私も法律の本を引っ張りだして確認した時は『なんて無駄な法律なんだ』と愕然としたものだが……よく知っていたな」

「長年。あの城で勤めてましたから。ルールは知ってます」

「……そうか。それで、アンテナを貸すという話だな。『遠慮なく使え』……これでいいだろう」

「はい」

ホーラスは頷いた。

「ふう……君に任せられるのなら、何も問題はないな」

バルゼイルは手を出した。

「会見の場ではすまんな。手汗が凄くて出せなかった」

「でしょうね」

フフッとほほ笑んで、ホーラスはその手を掴む。

「……王都を頼むぞ。ホーラス」

「任せてください。ただ、あまり時間もかけられないので、これから出発します」

「転移魔法は……」

「書類を作るのに時間がかかりますから、自前で行きます」

「なら、行ってこい」

「はい」

手を放して、ホーラスは部屋から出て行った。

「……ところで、君は行かないのかね？　師匠の勇姿を見るものだと思っていたが」

バルゼイルは部屋に残ったランジェアに向けてそう言った。

「こう言ってはなんですが、あまり参考にはなりませんから。私が思い描く『戦い』と、師匠が思い描く『戦い』には大きな違いがあります」

「……そうか。なら、そこは追及せん。ただ、我々は転移魔道具でここに来たが、本来、ここから王都まで最短で一週間はかかるはずだ。間に合うか？」

「その一週間というのも、時速二十キロほどの馬を、全力が出せる道で夜も眠らず乗り継がせて、という前提でしょう。道中の環境も考慮して二週間なら、三千キロより少し遠いくらいでしょうか？」

「まあ、おおむね間違っておらんな」

「師匠は時速三百キロで飛べるゴーレムを所有して……いや、これは五年前のはずですから、今は音速に到達しているかもしれませんね」

「どういう技術力だそれは」

「まあ、三時間もあれば到着するはず」

「ガイ・ギガントは体内のエネルギーが戦闘可能な状態になるまで時間がかかります。おそらく間に合うかと。しかし戦闘の余波で何が起こるかわかりません。こちらも通信魔道具で、王都の住民を避難させるべきです」

「うむ、そのように手配しろ」

「はいっ」

ライザが部屋を飛び出していった。

通信も転移も、魔道具は貴重品。

世界会議の本部と言えど、本当に長距離で運用するものは使うための手続きが面倒なのだ。

「……はぁ、召喚石か。そんなものを隠しているとは思わなかった」

「ダンジョンに入れば、時折そのようなアイテムは手に入ります。そして、中に入れておけば感知魔法から逃れられる布も」

「ディアマンテ王国でそのような報告は少なく、『出にくいダンジョンばかり』だと思っていたが、違うな。誰もかれもが、今回のようなアイテムを隠し持っていると思った方がいいか」

「はい。ただ、師匠はその中でも、『アイテムがほぼ出ないダンジョン』の情報を持っているはずです」

「要するに、後で城に送られてくる資料に書かれたダンジョンは、ほぼ『硬貨』しか出ないというわけか」

そもそも、バルゼイルが『賢王』としての道を歩み始めたのはここ最近であり、真に必要な情報を集める体系《システム》が整っていない。

虚実が入り混じった報告書を読んで、その中から真実を見つけ出すという経験も少ないのだ。

「……はぁ、四十二にもなって、王として必要なものが全然足りないとはな」

「五十代半ばだと思っていました」

「……」

バルゼイルの顔がちょっと歪んだ。

老けて見えると十七の少女からストレートに言われるのは、ちょっとツライようである。

「そう、うむ、父上は顔だちが若くてな。私が二十歳になったころ、『父上より老けてる』と噂でよく言われたものだ」

「老け顔は昔からなのですね」

「……」

もちろん、バルゼイルは英雄ではなく『王』なので、威厳というのは大切だ。

何なら、外見的には若さ溢れるより多少は老けて見える方がいい。

若さというのも、舐められる要因ではあるのが世の常だ。

「母上は、若い顔立ちの父上が苦労しているのを見ているからな。『バルゼイルは老け顔でよかったね』とよく言っていた」

「そうですか」

「ちなみに母上は十四のころに三十手前に間違われたことがあるそうだ」

「……」

ランジェアは『父親の遺伝子弱くね？』とはさすがに言わなかった。

男系継承国家の王に対する笑い話《ジョーク》としてはかなり苦しい。

というか、そういう女性を妻にしたから先代は苦労したのでは？　とすらランジェアは思う。絶対に言わないけど。

「雰囲気の威厳という意味で、私は苦労したことはないが……中身はそれに伴っておらん」

「外見に伴わない中身ですか。まあ、私はそれでもいいと思いますが」

「そう思うか？」

「師匠も、見た目は十代半ばですが、実年齢は二十七なので」

「えっ……」

衝撃的だったのか、バルゼイルの口からとぼけた声が漏れた。

「さすがに外見通りということはありませんよ。城での勤務年数は十年近い。五歳ごろから働いているわけではありません」

「それは……そうだな」

長年働いているとはわかっていたが、十年とは思っていなかった様子。

バルゼイルは何かがすごくモヤモヤしてきたが、なんだか不毛な話だと思ったのか、この話は終わりにすることに。

「外見の話は終わりだ。王都はホーラスに任せれば大丈夫だろう。あとは、貴族たちをどうするかだな」

「……この本部の地下には『最悪のダンジョン』があると聞きましたが、適用されますか？」

「いや、今回の問題で、おそらく『被害者は出ない』だろう。ならば適用はできん」

「そうですか」

「ただ、どこかはまだ決まっておらんが、ダンジョンで終身刑となるのは変わらんだろうな」

淡々と、何かを取り繕ったような表情で、バルゼイルはそう言った。

第十八話　ホーラス対霊天竜ガイ・ギガント

王都にあるレクオテニデス公爵家の屋敷の屋上。

台座に石が置かれ、魔力が注がれると、周囲の天候が曇天になった。

地面が揺れ始めて、風が巻き上がる。

突如、召喚石から魔力が放出され、周囲にいた魔力を注いでいた人間たちを紫色の霧が飲み込むと、そのままベールに包んで、糧にする。

石から放たれた閃光は、曇天を貫き、一部だけ雲が割れた。

「グルルルルル……」

晴れた空の中に一体の竜が姿を現し……降りてくる。

紫色の鱗が全身を覆った竜の頭部の眼が開き、王都を見下ろした。

「お、おい、なんだアレ！」

「ど、ドラゴンだ！　おい、逃げるぞ！」

王都の住民は大混乱だ。

一瞬にして曇天となり、風が巻き起こり、地面が揺れるなど、普通では考えられない。

明らかな異常事態であり、人々は我先にとドラゴンのいる方向から遠ざかろうと逃げ出している。

そんな人々をガイ・ギガントは見下ろし……口の中に、紫色の魔力が集まっていく。

「あのドラゴン、口の中に何かためてる」

「ブレスでも出す気か！　何かの陰に隠れろ！　狙われたら終わりだ！」

腰が抜けて動けない者もいる中で、逃げろと叫べるのは強い証拠だ。

しかし、だからと言って、ブレスは防げない。

ガイ・ギガントは、容赦なくブレスを放出する。

「……ったく、勇者の師匠が来るまで時間を稼げって、冗談だろマジで」

どこかから三日月のような形の斬撃の魔力が放たれ、ブレスを斬り裂いていく。

そのまま斬撃はガイ・ギガントがブレスを放出し終わるまで存在を主張し、ブレスを吐き終わると同時に消滅した。

「はぁ、王都にいた勇者コミュニティのメンバーは王都を離れて竜石国に行ってるし、他の『幹部』は遠い国にいてすぐに来られない。理屈はともかくよ。せめてSS、低くてもSランクを呼べよ。こんなのマジで俺の仕事じゃねえだろ」

難癖をつけているのは、黒い鎧で全身を纏って、業物の剣を握る男だ。

「こういうときに緊急で招集がかかるからSランク昇格試験を受けなかったのに、『宵闇のディード』は普通のAランクがいいんだよもう。ばったり出てきやがって」

ディードは悪態をつきながらも、ガイ・ギガントを見る。

「まっ、耐えるだけで報酬はいいし、頑張るか」

ディードは剣を構えなおす。

その刀身に、再び魔力があふれ出した。

「とりあえず……人間様の土俵に立ってもらおうか。降りてこいやコラァ！」

剣を振り上げると、斬撃が魔力を帯びて放出される。

かなり濃密なほど魔力が圧縮されたもので、攻撃力は高いだろう。

だが、ガイ・ギガントは長い尻尾を振って、簡単に粉砕する。

「ったく、まだアレで全然本調子じゃないんだよな。冗談キツイぜ」

ディードは剣を構えなおして、切っ先を向けた。

ガイ・ギガントの口に魔力がたまっていくのを見て、自らも、剣に魔力を纏わせ始めた。

★★★

あちこちの建物が破壊された王都の上空に、流線形のゴーレムの乗り物が『突如姿を現し』、特殊ガラスでできたキャノピーが展開する。

「到着。……ん？　思ったより無事っぽいな。耐えていたのは『宵闇のディード』……ほう、腕一本と引き換えにアレを耐えられるのか。思ってたより強い」

ガイ・ギガントとディードの戦闘が始まって一時間後。

そう、一時間後だ。

ランジェアは三時間後には到着していると予想したが、一時間でたどり着いていた。

コックピットからホーラスが顔を出しつつ、上着から銃型ゴーレムを取り出し、ガイ・ギガントに向けて発砲。

魔力で作られた弾丸が飛び出し、心臓がありそうな部分を狙ったが、背中に覆われた鱗を一枚傷つけるだけで終わった。

だがそれだけで、ガイ・ギガントはホーラスのほうに顔を向ける。

「そう、俺のほうを向きな」

ホーラスはコックピットに装着されている一辺三センチの立方体を外すと、魔力を流し込んで起動し、飛行ゴーレムをアイテムボックスに格納した。

どのような手段を使っているのか、ホーラスの体は落下することなく空中で停止している。

「さて、まずは……」

銃型ゴーレムの撃鉄部分にある半球状の物質に触れて、銃弾をディードに向けて放つ。

超高速で飛んだその弾丸がディードの体にあたると、一部ヒビが入っている鎧が修復され、傷は癒えて……吹き飛んでなくなっている左腕が再生している。

ディードは自分の体から痛みが消えたのを訝しんでいたが、失ったはずの左腕を見てものすごく驚いているようだ。

おそらく戦いの中で吹き飛んだのだろうが、その腕が、鎧の腕部分ごと再生している。

ディードは空を見上げてホーラスを発見し……盛大にため息をつく。

そのまま踵を返すと、戦場から離れていった。

「ほかに負傷者はいない。『宵闇のディード』なら納得か、さて……俺と遊んでもらうぜ。霊天竜ガイ・ギガント」

弾を通常弾に切り替えて銃口を向け、ホーラスは次々と発砲する。

ガイ・ギガントは腕を振って弾丸を破壊しながら、ホーラスがいる空に向かって飛翔。

「リミッターを外して全速力で来てて、俺も魔力の調子がイマイチなんだ。こっちの準備運動にも付き合ってもらおうか」

自身に振り下ろされた尻尾を『空中を蹴って』回避しながら、ホーラスはニヤリと笑った。

そして始まるのは、人と竜の空中戦。

いや、空中に限らずとも、本来ならば竜のほうが勝つ。

圧倒的な体躯と生命力。口からは全てを貫通するブレスを放つ。

そんな存在を相手に、人類は蹂躙《じゅうりん》されるしかない。

だからこそ、竜を殺した者は英雄と呼ばれ、ドラゴンスレイヤーの称号は人を魅了するのだ。

そんなドラゴンの中でも圧倒的な存在感を持つ霊天竜ガイ・ギガントを相手に……。

「おらああああああああああっ！」

ホーラスは腹に右ストレートを叩き込んでいた。

そのままドラゴンは吹き飛び、王都から少し離れた平原に落下して、地面にクレーターを作っている。

「チッ。骨ゴーレムの性能を『安定化』に振り切ったから、思ったより戦闘力が出ないな。向こうは八割ほど終わってるはずなんだが、はぁ……」

ため息をついているホーラス。

「『演算力』のほうに割り振らないと、銃弾を撃っても鱗で弾かれるだけ。記録は読み込んだけど、実際に戦ってみると結構違うな」

自分の現状をつぶやくホーラス。

まとめるなら、彼が使っている『銃型ゴーレム』は、彼の体内にある骨ゴーレムを起動し、その力で『ゴーレムの操作能力』に直結する『演算力』を高めることで、『強い弾』を撃てるのだろう。

しかし、現在は骨ゴーレムを『演算力』ではなく、体内の魔力を整えるための『安定化』に使っているため、銃弾の威力が出ない。

ゆえに、銃を使わずに拳で殴っているといったところか。

「ん？」

ガイ・ギガントが口に魔力をため込んでいる。

「ブレスか……」

ガイ・ギガントの口からブレスが放たれ……すぐに消えた。

「擬態か。だが残念」

ホーラスの目が少し光っている。

威圧とは違うものの様子で、それと同時に、魔力を纏わせた拳を振りかぶり、殴りつける。

ちょうど、ブレスを捉えたのか、擬態が解けて姿を現し、そしてすべてが崩壊した。

「驚いてるみたいだが……お前のブレス攻撃は全て魔力を放射している。魔力は安定を求めているから、『ブレス状態よりも空気状態のほうが安定する』と叩き込んで上書きすれば、ブレス攻撃だってパンチ一発で攻略できる」

ホーラスは微笑んだ。

「これが、魔力の性質を解き明かすことで可能になる『学問』の力だ。人間を舐めるなよ」

本来、ブレスというのは分類的に『風』のようなもので、剣を振ろうがハンマーを振ろうが、銃弾をぶつけようが止められない。

扇を振っても焼け石に水だ。

しかし、それが『魔力』で出来ている限り、『ブレス』という状態から『普通の空気』という状態に変質させることはできる。

もしも魔力ではなく、すべてが『本物の空気』で出来ている場合はこうはいかないが、原理原則を理解すれば、『理論上』はパンチ一発で防げるのだ。

「ん？　またブレスか。同じ攻撃なんて芸のない……ってそれはマズイ！」

ガイ・ギガントがブレスを放つ。

それは不可視ではない。普通に見えるブレスだ。

だが、ホーラスは空中で跳躍して、ブレスを回避する。

「チッ、俺の言葉は理解してないだろうが、さっきのパンチ一発でカラクリがバレたな。俺の拳で上書きされないように安定感を上げたのか」

はぁ、とため息をつく。

「なかなかふざけた力だ。俺だって『演算力』に全振りしてないとできないのに……いや、ドロップアイテムとモンスターの性質には因果関係があるって論文もあるか。それをもとに考えれば納得できなくもないが……ってまたそれか」

再びブレスを放つガイ・ギガント。

ホーラスは回避して、そのまま空中を蹴って接近。

「ちょっと、おとなしくしろ！」

鉄拳を顔に叩き込む。

そのまま首がもげそうなほどの勢いで首が回り……口に魔力をため込みつつ、ホーラスのほうを向く。

「おらっ！」

だが、ホーラスはブレスとして放出される前の魔力に拳を叩き込む。

すると、魔力が口の奥に消えて……

「ギャオオオオオオオオオオオッ！」

ガイ・ギガントは絶叫した。

ちょっとだけ、『ドカンッ！』という音が聞こえたので、状態はお察しである。

「うるせえ……っ！」

ガイ・ギガントは叫びながらも、その腕で掌底を繰り出してきた。

巨大ドラゴンの手はホーラスの体を真正面からとらえる。

そのまま、高速でホーラスを弾き飛ばした。

「づぅ……チッ」

ホーラスは舌打ちすると、空中を蹴って上に反転。

そのまま勢いを殺しつつ、空中に立った。

「……んっ？」

ガイ・ギガントの様子が少し静かだ。

とホーラスが認識した瞬間、一瞬、ブワッ！　と紫色のオーラが放たれ、周囲の空気を揺らした。

「……準備は整ったってところか」

次の瞬間、ホーラスの上に掌底が降ってきていた。

「うおっ！」

宙を蹴って回避。

そのまま掌底は地面に衝突し、それだけで大地震を引き起こす。

「転移？　いや、短距離の高速移動か。っ！」

ガイ・ギガントの口から紫色の砲弾が幾つも放たれ、ホーラスに向かう。

「チッ……」

次々と跳躍して、砲弾を回避する。

と思ったときには、その長い尻尾が上に来ていた。

「うおおおっ！」

両腕を交差させて防御する。

だが、圧倒的質量差は変わらない。

そのまま地面に叩きつけられ……る寸前で『足場』を作ったため、地面への激突はない。

「この……野郎が！」

尻尾を弾き飛ばすとともに、灰色のオーラの威圧を放つ。

ガイ・ギガントが少しのけ反った。

「はぁ……えっ？」

ガイ・ギガントは口の中に魔力をためて……その口の先は、王都に向かっている。

「……まっ、卑怯とは言わんよ。普通の兵法だ。戦術として定石だ。はぁ……最善から四番目か五番目ってところだが、仕方がない」

そのまま地面を蹴る。

ガイ・ギガントがブレスを放ち、その正面に出た。

「まったく……」

ブレスがホーラスに直撃し、大爆発を巻き起こす。

周囲の地面が抉れるほどの衝撃が発生し、煙が巻き起こって何も見えなくなった。

「……グル？」

ガイ・ギガントは首を傾げた。

大爆発を引き起こしたはずなのに、まるで、『存在感が薄れない』からだ。

「……さてと、最終ラウンドだ」

右手を掲げたホーラスは、赤色の『装甲型ゴーレム』を装備している。

左手には一辺三センチの立方体が握られており、ランプが淡く点滅している。

「未完成だが、試運転にはちょうどいい」

先ほどのブレスを右手だけで完全に防ぎ切ったホーラスは、左手に持った立方体を、左腰に備わっている真四角の窪みに接続する。

すると、装甲に走っている白いラインが淡く輝いた。

すぐに輝きは収まったが、ホーラスの存在感は高まるばかり。

「こいつの開発コードネームは、『機械仕掛けの神《デウス・エクス・マキナ》』……お前がどんな強さだろうと関係ない。俺の勝利で、すでにシナリオは決まっている」

右手に剣が出現。

どこか『未来』を感じさせるような機械的な拵《こしら》えのそれを握ると、ガイ・ギガントに切っ先を向けた。

★★★

一方的な蹂躙だ。

ガイ・ギガントがブレスを放てば空気に上書きされ、爪や尻尾をふるえば装甲にはじかれる。

しかし、ホーラスが剣をふるえば鱗を切り裂き、銃弾を放てば硬い体を貫通する。

しかもそれが、短距離の高速移動を可能にするガイ・ギガントであっても避けられない……いや、反射神経をはるかに上回る速度で襲い掛かる。

要するに……『格が違う』のだ。

「ふーむ。あの『オマケ』を組み込んで強化したが、なかなかの性能だ。とはいえ……『骨ゴーレム』の性能を『演算力』に極振りして、『キューブ』の力を『範囲拡張』から『演算拡張』に振っておかないと使えない」

使っている剣と銃を見ながら、ホーラスはつぶやく。

「魔力の安定化が済んでない状態で使ってるからなぁ。とはいえ、『ほぼ全力』といって差し支えない。『本気』とは全然言えないけど」

そういって、剣と銃を構えなおしている。

……彼の言葉をそのままくみ取れば、現在、彼は骨ゴーレムの力を『演算力』に極振りしており、『安定化』には使っていない。

その上で、キューブ……彼が使っている一辺三センチの立方体のことだろうが、そちらも『演算』のために使っている。

ホーラスのゴーレム操作の射程は半径三メートルだが、おそらくこの数字は、キューブが持つ『範囲拡張』の性能込みのものであり、ホーラス単体での操作範囲はもっと狭いということなのだろう。

装甲を展開する前は、『急速に魔力を安定させる』ことを目的としていたはず。

キューブが持つ『演算拡張』だが、骨ゴーレムが行っていた安定化を補助するために使っていたのだろう。

要するに、この装甲を展開する前と今とでは、『ホーラスの体がどれほど戦闘に最適化されているのか』に根本的な差があるということだ。

「さてと、あんまり長引かせる意味もないか」

剣と銃をアイテムボックスに格納すると、別の剣を取り出す。

拵えが未来を感じさせる機械的なものであることに変わりはない。

ただし、片刃の両手剣だ。

ホーラスはそれを、真横に一閃。

三日月のような形をした魔力の塊が放出され、ガイ・ギガントに向かう。

それに対して、尻尾で防御を試みるが……一撃で切断された。

「⁉」

「そんなんじゃ防げんよ」

剣から莫大な魔力があふれ出す。

ただ……それはよく見ると、一つ一つが小さな魔法陣だ。

「……」

「もう言葉も出ないか？　気持ちはわかるが……ん？」

ガイ・ギガントの口に魔力が集まる。

それは、これまでとは比べ物にならないほど濃密な圧力を放っている。

それどころか、全身にあふれている紫色の魔力が、全て口に集まっている。

「全身全霊……ね」

先に攻撃を放ったのは、ガイ・ギガント。

放つだけで周囲の空気を震わせるほどのブレスを放つ。

「格の違いがなければよかったのにな。それが学問を持たない竜の限界だ」

ブレスがホーラスの近くまで接近し……。

「『タウラスⅢ《スリー》』」

剣を振り上げる。

再び飛ぶ斬撃が放たれ、ブレスを空気に上書きしながらガイ・ギガントに向かう。

全身全霊、要するに、来るとわかっていても、逃げることすらできない。

斬撃はガイ・ギガントの体を切り裂いて、その巨体がゆっくりと倒れた。

「……金貨が出てこない。インゴットが出てこない」

ホーラスは天を見上げて、呟いた。

「最終ラウンド。だな」

次の瞬間、ガイ・ギガントの体から、莫大な魔力があふれる。

それは天に向かって柱のように伸びると、天を覆う曇天がますます暗くなった。

「ギャオオオオオオオオオオオッ！」

咆哮とともに、竜は舞い上がる。

それに対し、ホーラスは、静かに剣を構えた。

……さて。

天翔《あまか》ける最強種族であるドラゴン。

そんな存在が『一見取らない手段』とはなんだろうか。

闇に紛れて奇襲？　誰も手を出せない上空からブレスで焼く？

普通ならそんなことをする必要はない。

傷がつかない鱗に加えて、巨大な体躯とそれを十分に扱う膂力を併せ持つ。

何かに紛れる必要もない。空に逃げる必要もない。

そんな卑怯なことをする必要はない。

もちろん、卑怯は兵法。それは間違いない。

だが、ここで論ずるべきはそこではない。

ドラゴン……それも、霊天竜ガイ・ギガントのような上位個体が『一見取らない手段』とは……。

「ギャオオオオオオオオオオオッ！」

天に向かって吠えるガイ・ギガント。

その口から閃光が放たれ、曇天の中へ消えていく。

数秒後、曇天にいくつもの影が差す。

「……はぁ。本気だねぇ」

曇天から降りてきた影は、竜の形を成している。

今まで戦っていたガイ・ギガントは相当な巨体だが……おそらくそれよりも『半分以上』は確実にある個体が、いくつも溢れてきた。

数は、十、二十……いや、次々と増えていく。

「上位個体のドラゴンが、人間一人相手に『物量作戦』とは……」

最善最高の正攻法。

それが『物量作戦』である。

何事にも、制約がある。限界がある。

なら、それで耐えられない量をぶつけて、押しつぶしてしまえ。

とてもシンプルで、誰もが理解できる理屈だ。

しかし――

「フフッ、せっかく、言質を取ってきたんだ。歓迎しよう」

ホーラスは指を鳴らした。

すると、彼の近くの地面に渦が出現し、そこから鉄の人形が姿を現した。

人型といえる骨格で、身長十メートルはあるだろう。

それだけなら、一般的に使われる『ゴーレム』の素材が土や岩であるため『鉄』であることに驚かれるだろうが、まだ『常識』の範疇である。

……が。

両手はギミックアームとなっておりガトリングガンに装着されている。

両肩には直方体の砲身の『大砲』が設置されている。

背中には八つの穴が開いた直方体が装着されている。

ただの鉄の人形というわけではない。明らかに殺傷力が高そうなものばかりが積まれている。

「行こうか。『弾幕鉄人《オーケストリオン》』」

ホーラスがつぶやくと、鉄人は動き出す。

空を舞う大量のドラゴンに、両手のガトリングガンを向け、両肩の砲身の角度が微調整され、背中の直方体の穴からはミサイルの先端が姿を現す。

頭部に備わっているバイザーのランプが、チカチカ点滅した。

「「「ギャアオオオオオオオオオオッ！」」」

悲鳴の引き金は引かれた。

ガトリングガンから銃弾が飛び出し、両肩の砲台から手榴弾が飛び、背中からミサイルが放たれる。

それらは全て、正確な動きでドラゴンたちに直撃し、墜落とはいかずとも、大ダメージを与えていく。

とはいえ、装填も反動も一切考慮する必要のない『魔法弾』ゆえに、その砲撃が途切れることはない。

人間のような意思が介在しない上に精密な射撃ルートを構築し実行できる『機械的』な暴力は、文字通り『止まることはない』のだ。

そんな弾丸をくらい続けていれば、討伐され、塵となって消滅する個体も出てくる。

「ふーむ……何？　倒してもインゴットや金貨を落とさないのか？　……ああなるほど。オーケストリオン！　設定を麻痺に変更！」

ホーラスからの指令を受けて、鉄人の頭部のバイザーのランプが点滅する。

すると、放たれる攻撃が着弾したドラゴンたちが、急にその行動をとめて、地面に墜落していく。

「召喚されたモンスターは、召喚した本体の存在に『完全に依存』している場合、本体よりも先に倒されると何も落とさないんだったな。倒されても『本体に還元される』から、そもそも金貨や金属になるものが残らないとかなんとか……まあ、今はいいか」

ホーラスが分析していると、その『本体』であるガイ・ギガントが動いて、ホーラスの傍に来ていた。

その長い尻尾を振り下ろして、ホーラスに叩きつける。

「もう効かんよ。そんな攻撃は」

ホーラスは少し横に移動。

それだけで尻尾の叩きつけを回避する。

そのまま、両手剣を振って叩きつけるように斬る。

先ほどまでなら有効とはいえない攻撃だが、その斬撃は、ガイ・ギガントの鱗を切り裂いた。

「物量作戦の時は本体のリソースの大部分を召喚に使ってるみたいだな。しかも、その召喚した個体の制御もリアルタイムで行ってる……まあ、想定外と思ってもらえたのなら、造った甲斐があるし、言質取った意味もあるな」

物量作戦は、もっとも単純な『正攻法』だ。

しかし、それが作戦として成立するのは、自軍戦力の投入速度が、相手の殲滅速度を上回っている場合の話。

確かに、ドラゴンの大量投入に対して、有効な『殲滅手段』というものはそう多くはない。

それができる者など限られている。

しかし、それはあくまでも正攻法。

ガイ・ギガントはホーラスの特性を理解していないのだから、必勝法にはたどり着けるはずもない。

ここでどのような理屈を述べようと構わないが、無意味なこと。それでホーラスの勝利が揺らぐことはない。

「ん？　ドラゴンが追加で出てこなくなったな。そろそろ出し切ったか？」

本体からの攻撃を捌きながら分析し、結論は出た。

ホーラスは顔をガイ・ギガントに向ける。

「あ、そうそう……一個だけ、『消費魔力量』だな。『普通の人間ならありえない量』の魔力を扱ってることに関して、納得できてないとは思うが……別に教える気はないから、あっけなく散れ」

両手剣を構える。

それを見たガイ・ギガントの体から、魔力があふれ出した。

「ん？　さっきよりも強くなったか？　……ああ、ドラゴンたちの制御をやめて、本体にリソースを使うことにしたのか」

短距離高速移動で、瞬間移動したかのようにホーラスに接近。

そのまま掌底を上から叩きつける。

が、ホーラスは左手だけでそれを止めた。

「効かん！」

掌底を押し返して、そのまま剣を振るう。

手のひらに一閃し、血が流れた。

「ギャオオオオオオオオオオッ！」

「別にお前に恨みはないが、俺の目的のための糧になってもらうぞ」

ホーラスは少し離れて、両手剣に莫大な魔力を纏わせる。

一秒で準備が完了し、ガイ・ギガントに向けて突撃した。

ガイ・ギガントは口からブレスを放出する。

それは圧倒的な威力を持っているが……当たらなければ意味はない。

ホーラスはそれを回避し、そのまま突き進む。

ブレスが終わったガイ・ギガントの下から、引き絞るように構えた両手剣を突き放った。

「スコーピオンⅢ」

莫大な魔力をまとった刀身がガイ・ギガントを突き上げ、魔力を開放する。

「ギャオオオオオオオオオオッ！」

荒れ狂う魔力に体がボロボロになり、背中から抑えきれない魔力があふれて、天に昇っていく。

曇天にあたると、周囲に存在する雲を全て弾き飛ばし、快晴が広がった。

「ふーむ……」

ガイ・ギガントの体が大量の金貨と一つのインゴットを残して塵となって消えていく。

地面に墜落している召喚された個体たちや、まだ空を舞うドラゴンたちも、本体からの『供給』が途絶えたためだろう。その体は、インゴットと金貨を残して消滅する。

「金貨……本体からは一万枚ってところか。ガイ・ギガントの魔力を攻撃で狂わせて、金貨に割り振られるリソースの大部分をドロップアイテムに変換したし、そんなもんだよなぁ」

ホーラスは左腰に接続したキューブを取り外して『機械仕掛けの神《デウス・エクス・マキナ》』を格納すると、インゴットに近づいて拾い上げる。

「この質……やっぱり最善から四番目ってところだな。まあ仕方がない」

金貨に興味はないが、インゴットはゴーレムマスターにとって必要不可欠。

質を高められればそれでよかったが、こればかりは運も絡むだろう。

戦いの場に残されたインゴットを全て回収すると、ホーラスは王都に歩いていった。

★★★

ホーラスが装甲を展開してからあっさり終わった戦いだが、王都にいた人間たちは、王都を取り囲む壁の上や高い建物の窓から、ホーラスとガイ・ギガントの戦いを見ていた。

彼らは世界会議の本部から『出現した霊天竜ガイ・ギガントは勇者の師匠が倒すので、避難することだけ考えよ』という命令を受け取っており……避難できているかどうかはあえて『微妙』と表現するとして、ホーラスの強さを見た。

最初は『対等か、少し下』だと思っていた。

ガイ・ギガントが全力になって最初のブレスを王都に向けたとき、彼らは一度、狂乱状態になった。

しかし、ホーラスが装甲を展開してからは、あまりにも一方的。

そしてある意味『問題』なのが、一度倒した後の展開だ。

全長十メートルの鉄の人形が出現し、空を覆いつくすほどのドラゴンを、無限の銃弾で墜落させていく様は、どこか現実離れしている。

圧倒的な、常人には理解できないほどの技術力。

ホーラスが途中でつぶやいた『魔力の消費量』に関しても、おそらく、現段階の魔法学問では解決できないだろう。

圧倒的な威力をどんな理論で成し遂げたのか。そしてそれはどんな工具で再現されたのか。実際に運用する際の魔力は何処から調達しているのか。

総合的に、観客側の結論を端的に表せば、『わからない』に尽きる。

これが、『勇者の師匠』。

魔王を討伐し、世界を救った勇者を鍛え上げた、『勇者の師匠』なのだと。

全員に理解させるのに、そう時間はかからなかった。

そして、『このホーラスが、十年も城の雑用係と事務で勤務していた』という事実。

魔王によって避難を余儀なくされた『弱者の立場』を利用して調子に乗ったり、同じ平民だからと一日に何百件もクレームをつけていた王都庶民たちの、背筋を凍らせる話もまた広まりつつ。

おおむね、事態は収束したといっていいだろう。

なお、今回の戦いでホーラスが得た一万枚以上の金貨だが、それらは今回壊れたものの修復に使ってほしいと、『すべてを置いていった』ので、近い間に、今回の一件で傷ついた王都は修復されれ

るはず。

　こうして、『勇者』を認められない器の小さい貴族たちの最後っ屁は、死傷者はゼロ（ディードは話を大きくしてほしくないので黙っている様子、ガイ・ギガント復活の生贄になった魔術師たちは闇に葬られた）であり、多少、建物が壊された程度で済むという、あっけないものとなった。

第十九話　愚かな貴族の末路

　霊天竜ガイ・ギガントは、王都の建造物をいくつか破壊したが、死傷者はゼロでホーラスに討伐された。

　ホーラスがディアマンテ王国から真の『旅立ち』を果たした数日後、このような内容が王都から世界会議の本部に届き、バルゼイルは少し緊張していたのが自然体になったようだ。

「あ、ありえない！　かつて、ドワーフ最強の剣聖と言われた男が討伐するまで、大国をいくつも滅ぼしたとされるドラゴンだぞ！」

「たった一体で、ＳＳランク冒険者の拠点がいくつも潰されているという記録も残っている！」

「そうだ。認めない！　アレはレクオテニデス公爵家が抱えていた最高の戦力なのだ！　それを、こうも簡単に討伐されてたまるか！」

　場所は、世界会議の謁見の間。

以前はランジェアが魔王討伐の功績を発表した場所だが、今は、手枷で両手を背中側で拘束された身なりのいい男たちが並べられていた。

バルゼイルはそんな男たちを見下ろして言う。

「さて、罪人たちよ。此度の問題で死傷者は出なかった。よって、『最悪』のダンジョンは選択肢から消えたが、王都にモンスターを襲撃させ、制圧するという企てを実行した罰は重い。よって、『牢獄ダンジョン』への連行が確定した」

モンスターは、倒すと硬貨とドロップアイテムを落とす。

自然界には生態系としてモンスターが存在し、ダンジョンの中では領域の仕様としてモンスターが出てくる。

この世界におけるモンスターというのはそういったものだが、ダンジョンの中には『特殊な仕様』があるものが存在する。

それが『牢獄ダンジョン』であり、その仕様は、

『モンスターを倒して得られる硬貨やドロップアイテム、宝箱を開けて入っていたアイテムは、その場で消滅し、ダンジョンの出入り口付近にある『穴』から出てくる』

というものだ。

そもそも、罪人をダンジョンに連行した場合、硬貨とドロップアイテム、そして宝箱からのアイテムを使って、反撃の準備を進めるというケースはゼロではない。

この世界の魔道具は、エネルギーとしても使用可能な硬貨を入れることで起動する場合が多く、

ダンジョンの中に入れて放置するということは、『反撃のチャンスを与える』ことと同じなのだ。

だが、『手に入れたものがダンジョンの出入り口から出てくる』という仕様があれば、その心配はない。

そのため『牢獄ダンジョン』と呼ばれ、多くの国が確保している。

「お、お待ちください！　陛下！　我々の行動には、大義があるのです！」

「ほう？　正しいというのか？」

「そうです！　我々の行動は、全て、陛下を賢王としての道へ戻すためのもの！　陛下に正しき道を示す行為は、正義なのです！」

自分が正しいと信じて……いや違う、正しいと『無意識』に感じている様子で、男は叫ぶ。

バルゼイルはそれを、とても冷めた目で見ている。

「賢王か。それは、選ばれた人間である貴族に、未来永劫の贅沢という特権を与える存在、ということか？」

「その通りです！　我々は古の時代より、『神』に等しきお方である王より選ばれた血を受け継ぐ、正統な支配者なのです！　労働には報酬が必要。人々を支配するという特別な労働には、特別な報酬が必要。よって、『未来永劫の贅沢』を我々が享受するのは正義であり、その特権を陛下が示していただくことこそが、賢王の証なのです！」

自分に酔ったように話す男を見て、バルゼイルは、自らのこれまでの王道を『恥』と感じざるを得なかった。

七つの常任理事国のトップたちが自分の周りの席で座っているが、どこか『こんな男に権力を与えるとか、正気か？』という視線がバルゼイルにチクチク刺さる。

「……私を賢王へ導くために、なぜ王都にモンスターを放った？」

「選ばれた血を受け継ぐものは、優れた力を持つ。陛下はそれをお忘れになっておられる。これでは世界に対し、申し訳が立ちませぬ。貴族である我々に、低い評価をつけることはあってはならないのです。それを証明するため、王都にモンスターを放ったのです！」

「制圧、とは言うが、王都の建物がいくつも破壊されておる。死者が出る可能性もあったぞ」

「何を言います。陛下」

この男が次に語った言葉に、バルゼイルは寒気すら覚えた。

「力の強さは、死者の数によって示されるのです。庶民を大量に殺せば、陛下も我々の偉大さを理解していただけるはず！」

……。

「はぁ、元は平民である勇者を認めず、貴様らは難癖をつけた。暴言を吐いた。それに対し罰を与えるという私の行動が、貴族を軽んじていると、そういう理屈を持つのは、予想できたことだ。ただ、ここまで愚かだったとはな」

「我々のどこが愚かだというのですか！」

「ああいや、貴様が語った大部分のほうは別にいいのだよ」

バルゼイルはため息を押し殺しつつ、指を一本立てて、言葉を続ける。

「私が賢王であれば、国は豊かになり、王である私のもとに多くの財が集まる。それを、統治を任せる者に対し、高い報酬を払うというのは当然のことだ」

二本目の指を立てる。

「『力』を持つ貴族に対し低い評価をつけるなど、王の眼に狂いがあるとしか思えん。力というのは、示す時など来なければそれに越したことはないが、モンスターが世に蔓延《はびこ》るなかで必要だ」

三本目の指を立てる。

「人間は長い歴史の中で、戦争を繰り返し、他国の民を虐殺し、その殺した数が多いものに英雄という称号を与えたことも事実だ」

立てた指をすべて閉じた。

「貴様が語った理屈に対し、理解を示さないことは、愚王の証明だろう」

「おお、では、陛下……」

「そして、貴様らは愚か者だ」

「なにっ！」

理解は示した。

だが、貴族の男たちを愚か者と断じる。

それに驚愕したようだが、当然のことだ。

「お前たちは、貴族であるということ以前に、『世界会議設立の二大理念』を蔑ろにしている」

「？　……そ、そんなものが？」

「やはり知らぬか」

バルゼイルはため息を隠そうともしなかった。

「二大理念の一つは、『神に祈らずとも、我々は民を守り抜く』というもの。守るというのはモンスターからの襲撃だけではないぞ。飢餓、病気、そして人間同士の戦い。人の寿命が尽きるまで生きることを妨げる全てから、人を守ることだ」

机に手のひらを叩きつけて、彼は言葉を続ける。

「民は守らなければならぬ！　自国の民に対し、いくら殺してもいいなど、よくほざいたな！」

「なっ、そ、そんな……」

「もう一つ！」

「！」

「二大理念のもう一つは、『『神』を超える言葉を作れぬ人類にとって、神とは限界である。神を名乗ってはならない。人としてどこまでも成長せよ』……お前は先ほど、王というものが『神に等しい』と言ったな！」

「い、いえ、決してそのような意味では……」

「取り繕い方も杜撰《ずさん》になったな。そして淀みなく先ほどのセリフをほざいたところを見れば、控室でそれを吹聴し、他の貴族も納得していたということだろう！」

怒りを顔ににじませて、バルゼイルは言った。

「貴様らは、『世界会議の祖』を侮辱したのだ！　それで貴族を名乗ろうなど、恥を知れ！」

赤い威圧のオーラが放たれ、『何があろうと許される』と思っていた貴族たちは、全員が頭を深く下げた。下げさせられた。

「……沙汰はすでに決まっておる。貴様らは全員、牢獄ダンジョン『万魔夜行《ばんまやこう》』にて終身刑とする」

「お、お待ちくださ い！　陛下！」

「衛兵！　こいつらをダンジョンにぶち込んでおけ！　刑は確定だ！　絶対に覆りはせん！」

「「「はっ！」」」

兵士たちが横から出てきて、貴族たちを無理やりに立たせて連行する。

当然、彼らは喚き、嘆き、呪詛すら吐いていたが……バルゼイルは表情一つ動かすことなく、連行される貴族たちを見ていた。

（……何かが違えば、私も……今は、胸に刻むしかないな）

裁きの場は閉廷となった。

ただ……この場にいた人々は、バルゼイルが持つ王としての威風を目に焼き付け……それを忘れることはないだろう。

第二十話　移り変わる世界。しかしそれは、顔を出す愚者の肩書が変わるだけのこと

ダンジョンは奥に進むにつれてモンスターが強くなる。

そして『ボス部屋』もまた、そのボスの力に比例して広くなっていく。

多少なら暴れてもダンジョンの『仕様』で壁がすぐに修復される。

奥の方のボス部屋であればたどり着くものも少なく、それが『一般的に使われるルート』から外れているとなれば、どれほど暴れても迷惑をかけない。

「しっ！」

カオストン竜石国のダンジョン内でランジェアは剣を振っていた。

竜の紋章がつばに刻まれた銀の輝きを放つ片手両手兼用の剣《バスタードソード》であり、それをためらいなく向ける先は、『機械仕掛けの神《デウス・エクス・マキナ》』を纏うホーラスだ。

未来感のある拵えの片手剣だけ右手に構えて、『竜銀剣テル・アガータ』の斬撃を捌き続ける。

「そこっ！」

ホーラスの横に、少し距離を取ってティアリスが姿を見せる。

その両手に握っているのは拳銃であり、二丁拳銃で魔力を固めて作った弾丸を次々と撃ちまくる。

しかし、ホーラスはランジェアの剣術を捌きつつ、その銃弾を全てはじき落とす。

（……通りませんね。っ！）

突如、ホーラスがランジェアの胸ぐらをつかむ。

そのまま一歩前に出て、地面にランジェアの背中を叩きつけた。

「がはっ！」

叩きつけたホーラスが立ち上がり……その手には剣がない。

「っ！　かふっ！」

ティアリスが悲鳴を漏らす。

その腹には、機械剣が衝突していた。

ただ、メイド服の布を一切貫通しておらず、肌に沈むこともない。

むしろ、『圧力』がそこに発生し、ティアリスは後ろに吹き飛んだ。

そのまま地面を転がって、あおむけに倒れて腹を押さえている。

「……」

ホーラスが指をクイクイッと動かすと、剣がホーラスの手に戻ってきた。

「ガイ・ギガントを倒した装備で稽古をつけてほしい、という要求はわかるが、使ってなくても二人がかりで俺に有効打がないのに、よく言ったもんだな。ん？」

左腰のキューブを外して装甲を格納しつつ、ランジェアのほうを見る。

「ぐっ、ううっ……」

全身から滝のような汗を流し、剣を杖にして立ち上がっているが、足はフラフラだ。

「思ったより『入れすぎ』たか。が、立てるとは成長してるな」

ホーラスはランジェアの額に右手でデコピンを入れる。

「うっ……」

デコピンされたランジェアだが……先ほどまでフラフラしていたのが嘘のように、しっかりと足で立っている。

「ティアリスは……まだ無理っぽいか」

ティアリスの近くに行って指をパチンと鳴らす。

「んっ！　……はぁ、はぁ……」

原理はよくわからないが、ティアリスの体がビクっと震えて、息を整えながらティアリスは拳銃を拾いつつ立ち上がった。

「まだまだ、師匠には全然勝てませんね」

「そりゃ、ランジェアを含めた幹部六人に関しては、戦闘技術を叩き込んだのは俺だからな。それに、十も年下の娘に負けてられんよ」

ホーラスは二十七。ランジェアは十七。ティアリスは十六である。

「ふぅ……霊天竜ガイ・ギガント。もしも私たちの旅で立ちはだかっていたら、それだけで二か月は攻略に専念していたでしょうね」

「そうね。だからこそ、それを『圧倒』した兵器っていうのがどんなものか気になったけど、全然底が見えないわ」

「そりゃ、俺の最高傑作だからな。完成率は八パーセントくらいだけど」

「ということは、完成したら今の十倍以上ですか、正直、信じられませんね」

「いったい何を想定してそこまで……まあ、そこは私たちには想像もできないわね。はぁ……」

ランジェアたちは魔王を討伐し、世界を救った。

もちろん、その道中、『魔王の力で支配された男性の強者』にも多く遭遇しており、当然、彼らを倒すことで道を切り開いてきた。

それを考えれば、世界有数と言える実力者をいくつも相手にしているだろう。

しかし、その経験をもってしても、ホーラスには全くかなわない。

勇者であるランジェアたちにとっても、ホーラスは『格上』なのだ。

「おーい！　師匠ー！」

「おっ」

ホーラスたちがボス部屋の出入り口を見ると、二人の美少女が入ってきていた。

「エリー。ラーメル。帰ってきていたんですね」

「ええ、必要な交渉はほぼ終わりましたから」

「オレも、すべき仕事は終わったからな！」

入ってきたのは、ホーラスの弟子の二人。

名前はエリーとラーメル。

エリーのほうは、パンツスーツを着こなす黒髪美人と言ったところ。

ほかのメンバーと同じくスタイルはよく、無表情だが、それがなおさら『美人の雰囲気』を醸し出している。

アタッシュケースを持っており、キャリアウーマンといった印象が強い。

ラーメルのほうは、上はタンクトップ一枚。下は短パンとスニーカーといったなかなか露出度強めの格好の赤髪美少女。

無表情のエリーが隣にいることもあるが、かなり元気いっぱいな様子なのが見てわかる。

腰にはスミスハンマーを持っており、本職は鍛冶師なのだろう。

なお、一人称は『オレ』のようだ。

「屋敷に行ったら、三人でダンジョンに入ったと聞いて、稽古をやってると思っていましたが、間違いないみたいですね」

「師匠は本当に強いですよ。エリーも戦ってみればわかりますから」

「装甲型の兵器でしょう。狙撃銃でどうしろと」

「うーん。オレのハンマー、当てても変形する気がしねえな」

「傷一つつかんぞ」

「つえええええっ！」

いろいろ言いあいながらも、ボス部屋の中央に集まった。

ティアリスが指を鳴らすと、円形のテーブルと五つの椅子が出てくる。

アイテムボックスか、それに類するものだろう。

いつの間にか二丁拳銃もなくなっているので、そちらに収納したと思われる。

「軽食でも用意しましょう」

「お菓子くらいなら俺が出すよ」

ホーラスが近くに『渦』を作って、そこに手を入れると、中から出来立てほやほやのビスケットが盛られた皿と、入れたばかりの紅茶が入ったカップが五つ置かれたプレートを取り出している。

「えっ……あらかじめ作って、ちょうどいいタイミングでアイテムボックスに入れておいたのですか？」

ティアリスの質問にホーラスは首を横に振った。

「アイテムボックスっていうか……俺の場合、『収納ゴーレム』を異空間に突っ込んでるんだよ。で、『お菓子メイカー型ゴーレム』も一緒に異空間に突っ込んでて連結できるからな」

「どういう技術力ですか？」

「今さらでしょう」

ランジェアがため息交じりに言うと、エリーは冷たく突っ込んだ。

「いやー。そこまで難しいお菓子は作れないけどな」

弟子四人は『世の中のお菓子職人に喧嘩売ってねえか？』と思ったが、突っ込まないことにしたようだ。

「そういえば、二人は合流に時間がかかったな」

「オレはいろんなところで武器を作りまくってたんだよ。魔王の侵略がひどかった地域は男手が少なくなってて、戦闘員は量を確保できないから質を高めるしかねえからな」

スミスハンマーを持っていることもあるが、ラーメルは鍛冶師なのだろう。

そして、彼女が言ったこともまた事実で、魔王が死んだあとであっても支配の力が残るゆえに、
魔王討伐後も、人手は帰ってこない。

避難民としてディアマンテ王国に集まった面々がまだそれぞれの国に帰っていないので、周辺国

は人手が足りず、どうしても一人一人の質を高めるしかないのだ。

それで遅れていたのだろう。

「私は借金関係で話をまとめていました。とはいえ、被害がひどかった地域では、他で調達した魔道具をいくつも破格で提供し、莫大な資金援助も行っていますが」

「なるほど、被害が少なかった地域に関しては借金と」

「援助する意味がありませんから。こちらが欲しいものを用意できない国が多いですし」

「それはそうね」

慈善事業ではないし、そもそもラスター・レポートはホーラスの『主義の善悪に興味がない』という思想が色濃いゆえに、周囲から何を言われようとあまり気にしない。

もっとも、個人差はあるし、別に餓死者や病死者の増加を見て見ぬふりをすることもないので、配りまくっていたのだろう。

「そういや、思ったより最近、人の移動が多くねえか？　オレがここに来るまでに、結構な数の乗合馬車が通ってたぞ」

「私のほうで調べておきました。どうやら、冒険者が多く移動しているようですね」

「冒険者が？」

「冒険者協会があることで、冒険者たちは国家に対して中立性を確保していますが、やはり無関係ではありません。国家の状態によっては、冒険者たちが活躍しにくい場所というのは必然的に出てきます」

「その通りね。私たちも旅の中で、『差』がいろいろあって苦労したわ」

「要するに……国家が我々に対して借金を抱えていない『ディアマンテ王国』と『カオストン竜石国』は、冒険者に対する締め付けも少ないため、活動しやすいということになります。どちらもダンジョンの数は豊富であり、冒険者の稼ぎ場所に困りませんから」

もちろん、『世界会議』に出席している国の中で、現状、ラスター・レポートに借金がないのが王国と竜石国の二つであるというだけで、それ以外にも借金のない国はある。

というより、世界会議そのものが『神からの自立』を唱えているため、そもそも宗教要素の強い国家はあの世界会議の場に来ていない。

加えて、世界会議には加盟していない血統国家も当然存在し、借金はあったりなかったりと様々だ。

宗教国家の中にも大国はいくつかあり、中にはラスター・レポートに対し借金のない大国も存在する。

が、聖剣などをはじめとする特別な剣を振るいでもしない限り、血統国家のほうが動きやすいと考えている冒険者は多い。

国が抱えられる人間はもともと限られており、ディアマンテ王国とカオストン竜石国に人が寄ってくるのは間違いないだろう。

「冒険者がたくさんねぇ……」

「懸念点としては、もともとは平民出身の冒険者コミュニティである我々が魔王を討伐したことで、一部ではありますが、『調子に乗っている冒険者が多い』というのはあちこちで見受けられます」

「うーん……な、なるほどー……」

ホーラスはいろいろ思うところはあったが。

「要するに、要するにだ。ディアマンテ王国の方は、バルゼイル陛下頑張って、ということだな」

「その通りです」

バルゼイル。かわいそうに。

「しかし、お前たちが魔王を討伐したから、冒険者が調子に乗る……か。多分、この国の方がヤバいだろうな」

「竜石国は質の高い金属がゴロゴロある。冒険者がもともと集まりやすい環境だぜ。そもそも、冒険者の入国を大幅に制限してる国すらあるなかで、この国はほぼ規制がないから余計にだ」

「本部役員が動いているという噂もありますし……これは冗談だと思いますが、『宮廷冒険者』という言葉も出てきています」

「……神血旅で分けてる世の中で、そんな世迷言《よまいごと》を？」

「冒険者にとっての最悪の移民侵略作戦であり、実際に、百年前に滅んだ国があります」

「……冒険者本部は、この国を滅ぼす気なのか？」

「詳しい事は私にもわかりません。ただ、警戒は必要でしょう」

「そうだな。はぁ……なんか、一気にごちゃごちゃしてきたな」

ホーラスはため息をついた。

「……俺はね。冒険者なんてのは、憧れを大切にして日々精進する。それだけでいいと思ってるんだよ。もっと尊いものなんだよ。まったく、面倒なことになった」

「どうしますか？」

「とりあえずは様子見だ。俺の方針は知ってるだろ？　『見せしめ』と『一網打尽』だ。問題の根本を理解するためには、しっかり観察する必要がある。はぁ、死ぬほど嫌いな状況にしやがって、何考えてんだろうな。本当に」

ホーラスは目を閉じる。

彼にも、固執する理由はある。

倒したい存在がいて、それのためにゴーレムマスターとして腕を磨いているのは確かだ。

しかし、ゴーレムマスターではなく、冒険者としてのホーラスには――

『おねがいじまず。おねがいじまず。おれに、剣を、おじえでぐだざい』

――絶対に忘れられない、『懇願』があるのだ。

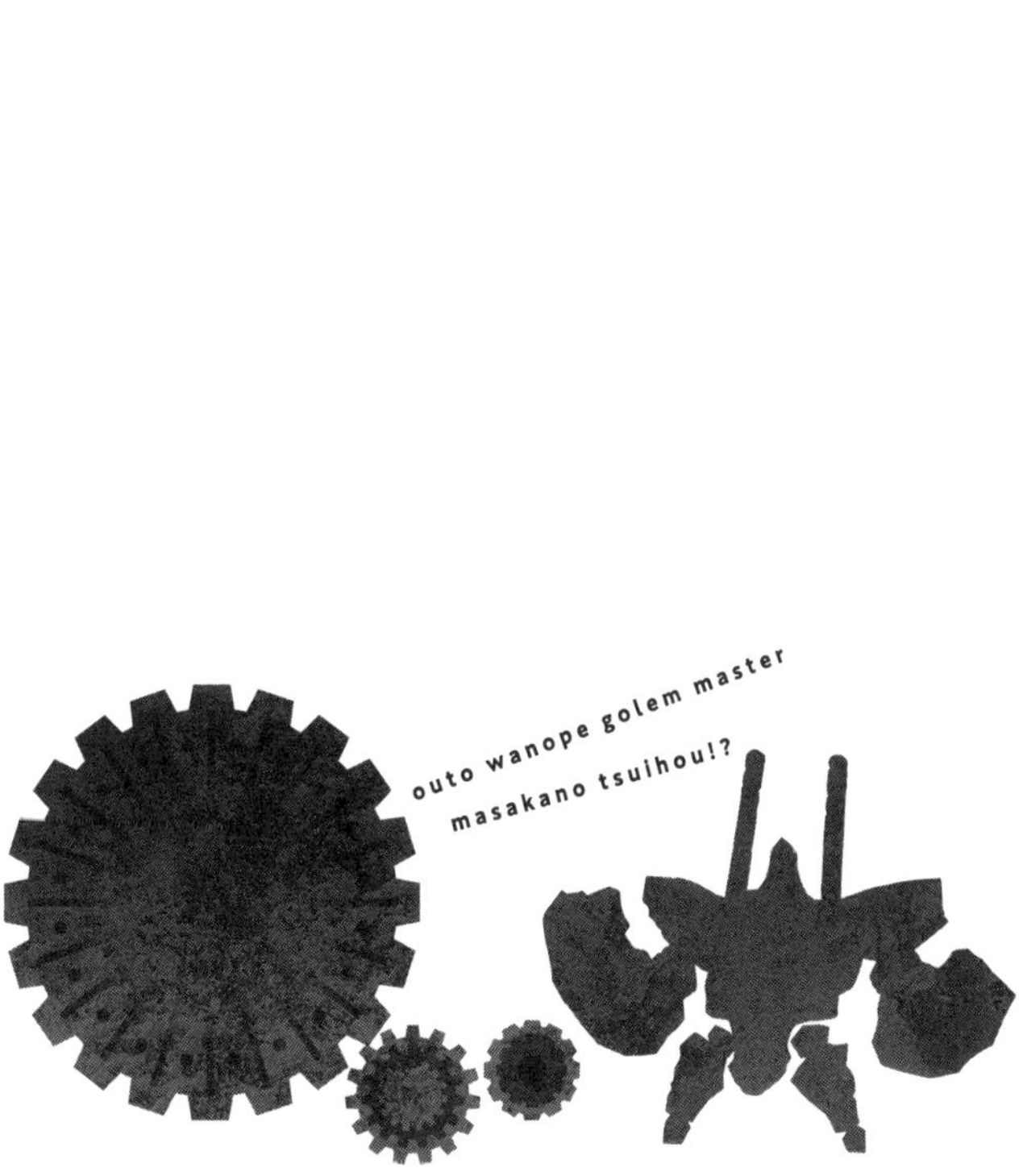
outo wanope golem master
masakano tsuihou!?

書き下ろし番外編

世にも恐ろしい計画書

多くの人間が集まる組織を動かす上で必要なのは『方針』だが、具体性がないと誰も動けない。

国政に関わるものとして、『国力を高める！』と公言しただけで仕事した気になるのは大間違いなのだ。

何より、しっかりと成文化されていれば組織の中で共有しやすい。

具体性のある計画書を作るためには、詳細な情報を多角的に集める必要があり……。

「求められる国家予算。前年度の四分の一になっちゃったんだけど！」

「すごおおおおおおおおい！」

カオストン宮殿の中において、国王が竜石国の辺境で療養中なため、実質的なトップはリュシア王女殿下である。

十四歳にしてしっかり働き、国民の八割をロリコンにするほど人気がある少女だ。

その横にいるエーデリカは役職としては『王女側近兼宮廷錬金術師』と言ったところで、リュシアをサポートする重要な立場にいるGカップのバインバインである。

で、そんな執務室でとんでもないデータが算出された。

それは、『国家予算』の、『必要経費が前年度の四分の一』という驚異的な数字である。

「どうしてこうなったんですか？」

「うーん。ホーラスがメンテナンスした魔力パイプとか、馬車とかが関わってるわね」

「それだけでそんなに変わるんですか？」

「変わっちゃったのよ！」

「なるほど！」

大雑把にもほどがあるが、十四歳の王女と十六歳の錬金術師に、ホーラスレベルのことを想定した国家運営をしろというのが大きな間違いだろう。

「うーん。基本的に、魔力の使用効率がとてもよくなってるってことだと思うけど……」

「けど？」

「正直に言って余るのよね。どこに使う？」

「むー。まずは税率を下げます！」

「どれくらい？」

「一割まで！」

「それでなんとかなるの？」

「なると聞いてますよ！」

「いや、誰から？」

エーデリカが首を傾げたとき、ドアがノックされた。

「はーい。開いてますよ」

リュシアが即答し、ドアが開いた。

そこに立っていたのは、目の下にクマを作っている痩せ気味……いや、めっちゃ痩せた男性。

スーツは高級なもので、そのレベルの生地ならオーダーメイドで作られたはずだが、買った時よりも痩せているのか、すこしブカブカになっている。

「すううう……はあああ……ああ、良い」

「エマーテさん。リュシア王女のにおいを堪能してないでさっさと要件を言ってください」

「チッ、年増もいたのか」

「誰が年増よ！　まだ十六よ！」

「あっはっはっは！」

入ってきた男性は、エマーテ・シウロカ伯爵。

シウロカ伯爵家の当主にして、『財務省』のトップ。

「ふふっ……えーと、なんでしたっけ？」

「帰れ！」

「ああ。思い出しました。税率という話が聞こえてきましたので、おそらく一割が大丈夫かどうかという話になっていたはず」

「それはそうよ。でもなんで聞こえてるの？　扉は分厚いはずだけど」

「性癖です」

「キモいわ！」

エマーテに対して一切の遠慮がないエーデリカ。

とはいえ、財務大臣という立場である以上、宮殿での仕事歴は長いだろうし、それゆえにエーデリカとの絡みは長いだろう。

お互いに遠慮がないのは『そういう国民性』と考えるしかない。

「簡単に言いますと、今の税収はすごいことになってますから」

「え？　どこから入ってるの？」

「その、ホーラスさんが『要らない』と判断したものを大量に政府に流してるからです」

ホーラスは日課としてダンジョンに入り、かなり深いところまで潜っている。

そして手に入るのは、大量の金貨と金属だ。

ただ、金貨はあまり必要としておらず、金属も要るものと要らないものがはっきりしており、かなり『厳選』している様子。

その結果、大量に政府に流れ込んでくるのだ。

もちろん、ホーラスとしては政府以外の組織に流すという選択肢はある。

ただし、キンセカイ大鉱脈は世界会議に対して竜石国が『独占権』を持っているので、そこでとれる金属に関しては政府に流しておくのがもっとも『手続きが少なく済む』のが現状である。

結果として大量の金貨と金属が流れてくるわけだ。

「そうなんですね！」

「はい！　ホーラスさんは鑑定魔法を使えるようで、自分と勇者では使わない金属が明確にわかるそうです！　そのため、かなり多くの金属が流れ込んでますよ！」

「リュシア王女が反応した時だけ元気になりすぎじゃボケェ！」

エマーテという男。おそらく優秀ではあるのだろうが……わかりやすいくらい『リュシアラブ』である。

まあ、それに一々乗っかるエーデリカもエーデリカだが。

「コホンッ。ただ、これらの金属は研究チームを作ってもかなりの数が余ります。レアストーン・マーケットに流して扱うとしても、その性能を引き出せるものは少ないでしょう」

「私もいくつか見たけど、マジでどうすればいいのかわかんなかったわ」

「私の方でもいくつか学会に持ち込んだら意味不明と言われました」

「そんなにすごい金属なんですね！」

「そのとおりです！」

「うるせぇ！　宮殿で大声出すな！　近くの衛兵がビビるでしょうが！」

「多少はビビらせる程度でいいんですよ。平和ボケしてますし」

「自分がいる宮殿で働いてる人たちに向かってなんてことを……」

エーデリカがどんよりしていると……。

「エーデリカ！　エマーテ！　仲良くしましょう！　話が進みません！」

「わかりました！　王女殿下！」

「……わかったわ」

キラキラ……というより、恍惚《こうこつ》とした表情のエマーテに対し、すごく納得できない表情をしているエーデリカだが、確かに話が進まないのは事実である。

こうして部屋に来たエマーテだが、一応彼も忙しいのだ。

他の国家政府の『財務』関係者がどうなのかについてエーデリカは知るよしもないが、エマーテに関して言えば、『金の話をする場合は多種多様な視点が必要である』として、かなり多角的な情報収集を行っている。

空いた時間があれば学会が発表した論文や、図書館に置かれている評価の高い書籍を読んでいることは、宮殿の誰もが知っているほどだ。

というより、リュシアが今のところ国政において最高の権限を持っているとはいえ、まだ十四歳の少女。

しかも、国民性ゆえ、カオストン竜石国に『王族教育』やそれに類するものは存在しないため、備わっている能力にも限界がある。

そういう意味で、エマーテのような多種多様な知識を持ち、自分の知識が及ばない領域を埋める人材にすぐにアクセスできる体制を整えている人間は必要なのだ。

相手していると疲れるが。

いや厳密には、リュシアがいる部屋で相手していると疲れるのだ。

エーデリカはリュシアがいない部屋でエマーテと仕事をすることもあるが、その時の彼の優秀さは前代未聞なレベル。

愛国心もとても高い。リュシア王女への愛は引くほど高い。

だが、リュシアに対して何かを求めるということはない。表現がなかなか難しいが、エマーテはリュシアに対して愛は深いが欲がないのだ。

まあ、凄く納得できないが……自分の性癖に正直、かつバランスが取れる人間は凄い人間になれるという典型例なのだろう。

すごく納得できないが。

「話を戻しますが、そちらから入る税収が大きすぎます。そして、ホーラスさんほどではありませんが、勇者も同じ話で、かなり入ってきています」

「うーん……」

「それから、一つ事実を言えば、十五年前に魔王が出現してから、税率は何度も上がっています。それを戻すという選択肢もあります」

「なるほど！」

うなずくリュシア。

現在十四歳であるリュシアは魔王出現後に生まれたので、『魔王出現以前』の竜石国の経済を知らないのだ。

だからこそ、なんとなく税率が上がっている今を特に不思議に思っていないが、魔王は討伐された上にホーラスという『ヤバい奴』が国民となったので戻してもいい段階である。

「税率下げても税収はこれまで以上ってことよね」

「厳密には税率というより『政府の黒字』がですね。ただ、ホーラスさんがこの国にいる以上、これからも『何か大きな益が発生する』と考えられます。そんな中で政府が金を使いすぎるとインフレになりますから」

公共事業にしてもインフラ整備にしても、政府というのは金を使えばインフレ、物価上昇につながる。

ホーラスが魔力パイプのメンテナンスや馬車の強化……いや、『進化』を行ったため、『コスト』が大幅に下がるのがこれからの竜石国の現状だ。

少し政府としては使いどころを考えなければならない。

「ふむー……なら、食料とか医療とか装備とか、福祉にリソースを当てて、他は縮小ですね」

「はい！　すでにその方針でまとめています！」

「……」

頬が引きつるエーデリカだが、思ったことを口には出さなかった。

「……突っ込まないんですか？」

「話が進まないのよ！　そんなしょうもない漫才やってられるか！」

「あっはっはっはっは！」

結論。

カオストン宮殿における『国政』で、大幅な税率の引き下げが計画されるという、見方によってはあまりにも恐ろしいことが行われているが、楽しそうなのはリュシアだけ。以上。

★★★

借金がないって素晴らしい。

厄介な貴族の大部分を掃除できるなんて素晴らしい。

「……ふぅ、ここまで清々しい朝は珍しいな」

ディアマンテ王国の執務室で、バルゼイルはコーヒーを手に優雅な朝を迎えていた。

ここ最近は、自国の貴族が勇者やホーラスに対して『ヤバい事』を散々続けていたこともあり、心拍数の高い日々を送っていたが、とりあえず世界会議の場で大量粛清を行ったのだ。

もちろん、粛清したのはわかりやすく暴走した者たちだけであり、暴走していない中で『タネ』はまだ残っている。

とはいえ、喉元過ぎれば熱さを忘れる特権階級の貴族たちといえど、しばらくはおとなしくしているだろう。

そのおとなしくしている間にあれこれ罠を張ったり監視網を作ったりして、調子に乗りそうなやつを抑えるシステムを構築すればいいのだ。

国政において『余裕』というのはなかなか生まれないもの。

大量粛清を行ったということは、それだけ『管理者』がいなくなったということと同じ。

圧政だろうが愚政だろうが、管理していたということは事実。いなくなればそれを補うための代官を派遣する必要があるが、賢王になったばかりのバルゼイルにそんな人材はいない。

だが、それでも。

今、彼にとっては、清々しい朝なのだ。

「陛下！　大変です！」

「朝っぱらからなんだ」

側近であるライザが部屋に飛び込んできて、清々しい朝は濁りまくった。

「こ、これを見てください！」

「……」

要点すら言わず『これを読め』と資料を持ってくる部下。

いったいどんなことが書かれていたらそんなことになるのだろうか。

読むのがめちゃくちゃ嫌になってきたバルゼイルだが、ここまでされて読まないわけにはいかない。

きちんとした報告をする部下を大切にしない王など、愚王でしかないのだ。

が——

「……ブフッ、ゴホッゴホッ！」

バルゼイルは愚王と呼ばれてもいいから読みたくなかったと、十割くらい本気で思った。

「な、なんだこれは！」

「れ、レクオテニデス公爵家の地下に保管されていたものです」

「『勇者娼館計画』だと！　アイツ、勇者コミュニティメンバーを自分が運営する娼館に入れるつもりだったのか！」

「そういうことになります」

「……この話が大ごとにならなくてよかった」

「ただ、我々がこの資料の存在にたどり着くヒントを与えてきた情報提供者が一番の問題です」

「誰だ？」

「カオストン竜石国財務大臣、エマーテ・シウロカ伯爵」

「財務大臣が？」

「巷《ちまた》では『高性能のロリコン』と呼ばれ恐れられている傑物です」

「蔑称だろそれ」

結婚適齢期というものはどんな国でもどんな地域でも存在するが、千八百年前の『大召喚時代』において異世界から様々な常識や理念が入っている。

その影響を受けている地域は『男性が最低十八歳。女性は最低十六歳』が結婚できる最低年齢となっている場合が多く、ディアマンテ王国もカオストン竜石国も同様だ。

同時に流れ込んできた概念として『十歳から十五歳の少女に対して強い愛情を感じる人間』をロリコン呼ばわりしていたこともあり、その時の文化が今も残っている。

別にロリコンが悪というわけではないが、そこに『高性能の』という修飾語をつけるというのはなかなか悪意に満ち溢れており、ネタにする気満々である。

「とはいえ、あの国はリュシア王女殿下があの見た目でかなり人気ですから、似たような人間が多いと聞いていますが」

「……」

世界会議の場でリュシアの姿を見ているバルゼイルとしては……納得できないわけではない。

実際可愛かった！

ここでそんなことを言ったらライザが部下を辞める可能性があるので口には出さないけど！

ただ、そんな人間ばかりの国って、リュシアが成長してロリではなくなったらどうなるんだろう。と思わなくもないが。

……今のバルゼイルが考えても仕方ないけど。

「……はぁ、え、もしかしてこれ、他国の人間にこの国の重鎮が手を出そうとしたってことになるのか？」

「なります。とはいえ、これが通るような相手ではありません。計画しただけ無駄なものとなっていますが、こういうことを考える者がいるというのは問題です」

「はぁ、弁えるって言葉を知らんのかアイツら」

ため息が出たが、仕方のないことだ。

誰にも立場があり、領分がある。

それを踏み越えたら戦わなければならない。

もちろん、どちらかが圧倒的に強いのなら押しつぶすだけで勝利を得られるが、それで得られるものなど大したものではない。

人は余裕を感じることで『未来』を見る視野を得る。

攻め込んだ先で得られるものは『今』だけだ。

「弁える。ですか……おそらく知らないのでしょう。この国は大きく、そんな中でも公爵家ともなれば……」

「だが、それはホーラスが王都を支えたからだ。十五年前、魔王が出現した時からこのディアマンテ王国は常任理事国の一つだったが、当時は国力で最下位だった。そして、他の六つが滅んだことでこの国が常任理事国の中でトップに立った」

「理解しております」

「本当か？　たった一人で世界最強の国家を運営できる。言い換えればそうなるだろう」

「……」

ライザの表情が変わった。

そう、ホーラスの何がヤバいかというと、一番はその実務能力である。

ゴーレムマスターとしての力をフルに使えば、『従業員』そのものを生み出すことができる。

しかも、自分が一からデザインした都合のいい人材を。という前提付きだ。

「ゴーレム技術は何処の国でも研究されている。魔王の影響で人手が少なくなったからな。自動化、効率化、機械化を進めるのは国家の課題だ。だが、人間の動きとして『歩く』だけでも、未だ成し遂げたという話は聞かん」

「体幹ですね。バランスを取るというのが本当に難しいそうです。実際に歩くということを言葉にすると、『腰を動かし右モモを上げながら左足のヒザをゆっくりと折りつつも左足首の角度を合わせ同時に両手のふりでバランスを取って』……といったものになりますから」

「地獄か？」

「狂うのは避けられないかと」

「……それを、人間の十倍以上の性能で、五百体以上動かせるという話だったな。しかも、人を必要としない、機械さえ動いていればいい作業に関してはさらに効率が良いと考えると、もはや想像を絶する」

バルゼイルは持っている資料を机に置いた。

「そんな男が師匠なのだ。返り討ちにされることなど、考えずともわかるだろうに」

「考える。というのは、思ったより高度なことなのかもしれません」

「それを言われると……そうかもしれんな」

なんだかすごく納得したバルゼイル。

そもそも人間というのは基本的に勘で動いているのだ。

『お前は一体何を考えているんだ！』と怒鳴るものは多いが、『何も考えてないに決まってんだろうが！』という逆ギレが真実であることなど珍しくない。

それくらい大雑把なので、あらかじめ言い聞かせておく必要がある。

自分で気が付く。というのもなかなか難しい話で、そもそも、考えない者に成長はなく、視野が狭ければ考えることもできない。

考える。ということは、簡単なことではないのだ。

今さら過ぎるといえば今さら過ぎるが。

「しかし、勇者娼館計画か。とんでもないな」

「内容は確かに凄まじいですね。まず、レクオテニデス公爵家の屋敷で監禁した後、要らなくなったら娼館に入れて金を稼ぐとは……」

「思春期の子供の妄想でももう少しマイルドだと思うがなぁ……」

別に妄想の中だけで完結するならどうでもいいのだ。

実際、勇者コミュニティメンバーのルックスとスタイルは通常では考えられないレベルであり、それが何人も集まっている。

そんな少女たちをあの手この手で自分のものにしたいという欲望そのものは、バルゼイルとしても否定する気はない。

だって脳内の話だから。

「これ、実際に通ったらどうなると思う？」

「裏で何を仕込む気なのか、恐ろしくて夜も眠れませんね」

圧倒的な武力を持っているのだ。

しかも、その師匠は、全長十メートルの鉄の人形から、銃弾や手榴弾、ミサイルをばらまいて、ドラゴンの群れを圧倒したという。

「多分、王都がなくなるだろうな」

「それで済めばいい方ですね」

「……はぁ、アイツら、マジであのダンジョンにぶち込んでおいてよかった。本当によかった」

もしもぶち込んでいなかったら、これから何をしでかすのか。

すでに表舞台に出てくることはない男たちのことで、胃が痛くなるとは思っていなかったバルゼイルである。

★★★

大きな目的を達成した後でも、人が解散することなく集まっているのならば、それらの人間を動かす方針は必要だ。

それがないと何も生産性がない。

それは魔王を倒し、勇者の称号を得たラスター・レポートも同様である。

「フフフッ、ラスター・レポート『裏戦略部』の定例会議を始めましょう」

メイド服を着こなすティアリスが、長いテーブルをコの字のように並べた会議室の議長席で宣言する。

全体ならば百名いるラスター・レポートだが、借金が完全になくなった大国であるディアマンテ王国からは戻ってきたメンバーを含めても、まだそこそこといった人数である。

とはいえ、一応十人が会議室に集まれる程度には戻ってきているところを見ると、集まり具合は順調のようだ。

「あの、すみません。この会議室、屋敷の地下にありますけど、どんな会議をする場所なんですか？」

最近戻ってきたばかりのメンバーが小さく手を挙げながらティアリスに質問する。

ティアリスは頷くと、説明し始めた。

「この会議は、師匠にすら明かせない極秘の作戦を進めるためにあるのよ」

「し、師匠に対して隠し事なんてできるんですか！」

そもそも世界最大の国家の王都をワンオペするような化け物なので、情報収集能力や、暗躍を嗅ぎ取る能力はかなり高い。

そんなホーラスを相手に『同じ屋敷にいながら隠し事をする』というのがイメージできないのだ。

「気持ちはわかるわ。だけど、私は魔王の城からとある本をパクってきたのよ」

「本ですか？」

「そうよ」

その本をテーブルの下から取り出して掲げるティアリス。

「タイトルは『女の秘密』……女性の、女性による、女性のための、魔王直筆の戦略指南書なのよ！」

「ま、魔王直筆！」

自分を一目見た男性を完全に虜にし、素で圧倒的に高い戦闘力を誇り、文字通り世界を貪りつくさんばかりに活動していた淫乱ステータス極振りの魔王。

そんな女が書いた『女の秘密』というタイトルの本。

そりゃ気になる。勇者コミュニティメンバーとしてかなり不謹慎だけど。

「女が男に隠し事をする時の方法がこれでもかと記載されている。そして、男を虜にするという点で、魔王の力は、師匠ですらも回避できない絶対的なモノよ。ここに書かれている技術をふんだんに使って、この地下会議室を作ったの。師匠も存在に気が付いていないのよ？」

「す、すごい……」

「ただ、計画と言っても、一つ大きな前提がある」

「前提？」

「そうよ。師匠も師匠なりに『世界のバランス』を考えているけど、魔王だけは個人ではどうにもならなかったから私たちを鍛え上げた。でも、その魔王がいなくなった今、私たちは大きな目標を失った状態になっている」

「た、確かに……」

男性魅了という点において絶対的な魔王。

その力はホーラスであっても逃れることはできない。

だからこそ、ランジェアたちを鍛えたといえる。

しかし、これからは何があっても、ホーラスが直々に解決できるのだ。

だが、少女たちは何年も一緒に鍛えあった仲である。故郷が滅んだ者や両親を失った者も多く、そもそも離れることを考えていないメンバーも多い。

一方で、やるべきことはない。目標もない。

それは、これまで活動を続けてきた身としては、モヤモヤする。

「だからこそ、この裏戦略部は、そんな私たちに一つの方針を与えるという目的があるわ」

「な、なるほど……どんなことをするんですか？」

「具体的には、これを埋めていくのよ！」

ティアリスが取り出したのは、一枚のカレンダーだ。

来月のものだと思われるが、ほとんどが空白。ところどころに数字が書かれている。

なお、カレンダーのタイトルは『今月のパコカレ！　六月版！』となっている。

「パコカレってなんですか？」

「パコパコカレンダーよ！」

「ということは！」

「そう、その通りよ！」

「私は十連戦くらいやりたいです！」

「よろしい！」

あまりにもテンポが良いが、なんというか、酷い。

魔力を使った身体強化で体の質を高めた結果、性欲まで強化されたメンバーたち。

こればかりは魔力がそういう『仕様』であるので、魔力側としては別に問題のないことだ。実際、これらの技術を仕込まれなければ、彼女たちは魔王を倒せなかった。

要するに……良い悪いというより、ホーラスがミスった。

「私はこの前やったから六回は抜きたいね」

「六回追加と」

「私、ちょっと精のつくやつ食べちゃって、ちょっとムラムラしてて……」

「二十回追加と」

「パコパコ～！」

「二十五回追加と」

遠慮のない手つきでカレンダーに数字を書き込んでいく。

「ちなみにティアリスはどうするの？」

「魔法を使っていろいろ師匠にブーストをかけて、特濃のやつを三十回貰うわ！」

「え、そういうの効くんですか？」

「『女の秘密』には効くやつが書いてあったわ。しかも、難易度はとても低くて、やろうと思えば五歳の女の子でもできるのよ！」

五歳の女の子がこんな話してたら世界の終わりである。

「加えて、ちょっと暗示をかけておいて、夜にきちんとベッドで寝る習慣づけと、私たちの接近に対して抵抗感を薄くさせることも忘れてはダメ。まあこれに関しては普段から私がやっておくわ」

「「「うおおおおお～～～っ！」」」

いくらベッドの上で彼女たちがホーラスにマウントを取れるとしても、ホーラスが『ホテルの部屋を借りよう』などと言い出して屋敷にいなかったら意味がない。

それを防ぐための技術も『女の秘密』という本にはばっちり書かれているのだ。

「師匠にはよーく教えてあげないとね。魔王からは逃げられないと！」

「それ勇者コミュニティが言うこと？」

「魔王は倒した。しかし遺産は残る。それだけのこと。要するに、今の私たちの行いは正しいということよ」

正しい正しくない以前に、ホーラスに対して凄く迷惑だと思うが……まあ、外見は見目麗しい美少女だ。相手できるだけ役得だということにしておこう。

なんだか『遠くから見ている分にはいいが付き合うとめんどくさい女』の特徴がこれでもかと出ているが、おそらく気のせいではない。

「私たちは師匠の教えによって性欲が強くなった。よって搾り取る！　これが裏戦略部の存在意義！　さあさあ、もっとヤりたい人は手を挙げて。どんどん書き込んでいくから！」

★★★

「えーと、オーケストリオン用の厳選素材は確か倉庫にまだおいてるはずだな」

ホーラスはダンジョンで何やら大型の作業をしていた様子であり、屋敷に帰ってくるとそのまま倉庫に入った。

一々ホーラスが手に入れる金属が多すぎて、最初は整頓されていた倉庫も、整理されていながらもゴチャッとした印象を感じるレベルになっているが、それはそれ。

「あー、そういえば、エマーテさんが書いた『優先順位』のリストが倉庫にあったような。どこだっけ……」

キョロキョロと倉庫内を見渡して、テーブルとその傍にあるサイドボードの間に挟まった紙を目視。

「あれ、あんなところに入り込んだのか？　珍しいこともあるもんだ」

ホーラスはその紙を手に取った。

「ってなんじゃこりゃ！」

その一番上に大きく書かれているのは、『今月のパコカレ！　六月版！』である。

カレンダーは枠のそれぞれに数字が記されており……。

「……一日平均『百二十五連戦』で、一か月合計で大体『四千回』ってところか」

ホーラスはそっとカレンダーをテーブルの上に置いた。

「……あいつら、俺のことを妖怪か何かだと勘違いしてないか？」

頬が限界まで引きつるホーラス。

さすがに、こんなことになっているとは想像だにしなかったようだ。当たり前である。

……ちなみに、何故この紙がこんなところにあるのかというと、裏戦略部の会議室は『屋敷地下』にあるが、その出入り口が倉庫の隠し扉になっているためである。

性欲解消もほどほどに。と言って通じる相手ではないのが問題だが……がんばれ、ホーラス。

書き下ろし番外編

ゴーレムとは、爆発と凍結である。

「聞いたわよホーラス！　全長十メートルの鉄の人形が王都で暴れまわったそうじゃない！」

「なんか混ざってないか？　暴れたのはドラゴンだし、ゴーレムを動かしたのは王都の外だぞ」

勇者屋敷のホーラスの作業部屋。

部屋の中央に長方形の台が置かれ、部屋の壁際には机や金属を並べた棚が設置されている。

ホーラスは長さ一メートルの鉄の棒を弄っていたが、扉を凄い勢いで開けて入ってきたエーデリカの言葉に首を傾げている。

「あ、そうなの？」

「実際にやってたら大悪人だろ。俺のことをどう思ってるんだ？」

「凄い人ですね！」

「あ、リュシアも来てたのか……」

エーデリカが先に突撃して、それをリュシア王女が追いかけてきたのだろう。

時間差で部屋に入ってきて、そのまま会話に参加している。

なかなかの耳と体力である。

「でも実際、暴れまわったあとでもホーラスなら修理できるんじゃない？」

「跡を濁さなかったら立つ前に何をやってもいいわけじゃないぞ」

「暴れてるドラゴンを止めたら結果的にゴーレムが王都で暴れることもあると思います！」

「それはそうだが……まあ、俺くらいになるとドラゴンを殴り飛ばせるからな」

「人間やめたんですね！」

「直球にもほどがある」

元気いっぱいな十六歳と十四歳を相手に、王都を十年ワンオペしてきた二十七のおっさんではテンションが追い付かない。

「ところで、何をしてるの？」

「ん？　ああ、武器を作ってるんだよ」

ホーラスが現在弄っているのは長さ一メートルほどの鉄の棒だが、その周りにはいくつかのパーツが置かれており、雰囲気は『手持ち型の機械大砲』と言ったところか。

「これ、何？」

「銃のめっちゃ強い奴だ」

エーデリカが台に近づいて、パーツを眺めている。

「ふむぅ……これを組み合わせると、どんな威力になるの？」

「鉄の鎧を一瞬で貫通する閃光が出てくる」

「ヤバすぎでしょ！」

驚愕するエーデリカだが、主成分が『鉄』であれば、二七五四度まで加熱すれば蒸発する。

もとより、高出力、かつ絞り込んだレーザーの敵ではない。

……では、ホーラスの機械仕掛けの神《デウス・エクス・マキナ》や弾幕鉄人《オーケストリオン》がそこまで加熱されると溶けだすのかとなると、そうではないわけだが。

「ふむう……で、その鉄の棒……魔道具の『芯』よね」

「そうだ」

「うーん……魔力パイプのメンテナンスの時もすごかったけど、これも見た感じ凄いわね」

見た感じ凄いといっているが、宮殿の魔力パイプを弄っていた時は発光液を使って色の度合いで判断していた。

ただその場面は、実際にエーデリカとホーラスが同じ視覚情報で作業をするという前提だったためであり、そもそも作業しないのであれば鑑定魔法で十分。

ホーラスならば発光液を使わずとも作業が可能であり、この場でそれらの発光液が使われていないことに対して、エーデリカも無意識に納得している。

「メンテナンスじゃなくて一から作ってるからな」

「自作ね。いったいどうやって手に入れたの？　その技術力」

「話せば長いが……本を読んで学んだ」

「短いわっ！」

ただし、実際に本を読んで学んだというのは事実だろう。

そこで嘘をついても仕方がなく、そもそも誰かから学んだというのなら、その人物は一体何者かという話になる。

「というか、こんな銃とか、一体どこからアイデアを持ってきてるの？」

「千八百年前に大召喚時代ってのがあっただろ？　そのあたりで入ってきた文化から拝借した」

「大召喚時代ねぇ……その時の文献があれば、このレベルのものが作れるの？」

「文化として高く精錬されているのは事実だが、再現できるかどうかは別だな」

圧倒的なゴーレムマスターとしての実力を持つホーラスの技術の秘密。

その一端に触れたような気がしたエーデリカだが……気がしただけだろう。

「おー。なんか面白そうなものがあります！」

リュシアが壁際に並べられたものの中から人形を手に取って掲げている。

全長五十センチ程度で、外見的には鉄の人形といったものだ。

ただし、全てが鉄で作られていたらさすがに十四歳で細身の少女であるリュシアには持ち上げられない。

中に空洞が多いか、そもそも鉄よりは軽い素材でできている可能性が高い。

「それが、王都の外で暴れまわった鉄の人形の模型だ」

「え、これがですか！」

空を舞うドラゴンの群れを莫大な量の麻痺弾で制圧した鉄の人形。弾幕鉄人《オーケストリオン》。

その模型が、リュシアが持っている人形である。

「腕と肩と背中に何かついてるけど、あれって実際に動くの？」

「実際に弾を飛ばせるぞ」

「へぇ……強いの？」

「Bランク冒険者くらいならハチの巣にできるな」

「怖いわっ！」

ちなみに、Bランクと言っても具体的に言えば『優秀』といえるレベルだ。

「私はフレンチトースト大好きです！」

「蜂蜜の話はしてないわよ！　なんでこの流れでそんな話になるのよ！」

「朝に食べたんですよ！　おいしかったです！」

「そう！　よかったね！」

ツッコミ担当は大変だ。

「んー……」

じーっと模型を見ているリュシア。

「……ホーラスさん！　これ貰ってもいいですか！」

「いいぞ。別に使わないし」

「え、使わないの？」

「キンセカイ大鉱脈の奥の方で実物を弄ってるからな。最近は模型の方は弄ってない」

「なーるほどぉ」

「わーいわーい！　エーデリカ、自動で歩く機能をつけてください！」

「できるか！」

人型の物体に自動で動く機能を組み込むことがどれほどめんどくさいか。

何より、『体幹』を再現するのがとても難しいのだ。

普段反射的にやることを意識的に実行するということは、ある意味で『全てを言語化し、それらを全て同時に考えて実行する』ことに等しい。

「そういうことはホーラスに頼むのよ！　そんなホイホイ自動で歩くゴーレムができてたまるか！」

「……既に自動で歩けるけど」

「え？」

「床に置いてみたらわかる」

リュシアが地面に置くと、足をゆっくり動かして歩き始めた。

「お、おおっ！　歩いてます！」

「でもなんか遅いような……」

「もともとが固定砲台だからな。高速で動くことは想定してないんだよ」

「実物はめっちゃ大きい鉄の人形だもんね。このサイズならこうなるわけか……」

ゆっくり歩いているゴーレムを見て、リュシアは感激している様子である。

エーデリカとしてはもう少しシャカシャカ動くことを想定していた可能性があるが、そもそも役割が固定砲台なので、動くことはできても高速移動は想定していない。

「でも、なんだっけ。戦車？　みたいな形じゃないのはなんで？　アレの方が機動力もあると思うけど」

「体のあちこちに武装をつけて運用する。ということに俺が慣れてるからな。戦車なんて作ったことないし、機動力は俺自身にあるから必要ない」

「そういう意図があるわけね……」

……などということを話していると、リュシアが部屋からいなくなっている。

「あれ、リュシアはどこに……」

扉から廊下を覗く。

すると……。

「あはは～♪　ゴーゴーですぅ！」

ゴーレムの足の下にキャタピラのようなパーツが取り付けられ、木の板を持ち上げている。

その板の上に座ってリュシアははしゃいでいた。

キャタピラはガラガラなりながらもそこそこの速度が出ており、固定砲台目的とは思えない。

「なにあれ」

「キャタピラパーツだな」

「固定砲台目的じゃないの？」

「あったら便利かなーって」

「便利だとは思うけどふわっとしすぎよ」

「ゴーレムを作るのなんてそんなもんだよ」

「んなわけないでしょ。そんな無駄な機能をアレコレ盛る余裕なんて普通はないんだから」

一般的にゴーレムというのは『地属性魔法』の要素が強いが、ホーラスの場合は『魔道具』といった要素が強い。

ただ魔道具となると、基板にいろいろ書きこむ必要があり、その作業は難易度が高いのだ。

しっかり計画を立てて組み立てる必要があるわけで、ここまで大雑把なのは技術力が高い証拠ではあるが、エーデリカとしてはため息をつくしかない。

「おー。おー！」

感激している様子のリュシアだが、何か思うところがあるのだろうか。

「なんだかよくわかんないけど楽しいですね！」

特に思うところがあるわけではないようだ。すごく純粋である。

「ただ、あのパーツ。まだ調整中だったはずだが……」

「え？」

「いや、事故が起きるようにはできてないが、最終的な調整はまだやってないは――」

「あだっ！」

「「！」」

ホーラスが何かを思い出していると、リュシアが何かに激突。

廊下に置かれていたテーブルに体をぶつけたようだ。

「だ、大丈夫！」

「え？」

「え？　じゃないわ！　痛そうにぶつかってたじゃない！」

「大丈夫です！　この上に乗っていると、なんだか私の防御力が上がったような気がします！」

「断言ゼロか！」

言い合っている二人だが、テーブルは壁に接触しており、その先には開いた窓がある。

で、一番窓に近い場所に置かれていたゴーレムが、ひゅー……と下に落ちていった。

「「あっ！」」

エーデリカとリュシアが窓から外を見て下を確認。

ちょうど、ゴーレムが地面に落ちたところだった。

……で。

——ドッカアアアアアアアアアアアアアアアアアアアアアンッ！

天地がひっくり返ったのではないかと思うほどの爆発が発生し、地面にクレーターができた。

当然、上で聞いていたリュシアとエーデリカはびっくりしてひっくり返っている。

「……あー、やっぱり」

「ちょ、ちょっと、どういうことよ！」

どこか納得している様子のホーラスだが、普通に考えれば納得できない。

地面に落ちるだけというのならわかる。

だが、なぜ爆発するのかわからない。

「ん？　何が？」

「思いっきり爆発したんだけど！　もしかして爆薬入ってる？」

「いや、爆薬は入ってないぞ」

「ならなんで爆発するんですか！」

「……そういうもんだ！」

「納得できるか！」

「うーん。まあ短く言うと……三千文字くらいになるけどいい？」

「長いわ！」

「超絶短くお願いします！」

「全ての魔道具には爆発する可能性がある。一般的にゴーレムは『地属性魔法』に分類されるが、俺が作るゴーレムは魔道具に分類されている。オーケー？」

「「……」」

どこか納得していないリュシアとエーデリカ。

もちろん、『何故魔道具が爆発する可能性があるのか』とか、『その爆発する可能性を今回引いた理由がわからない』とか、ツッコミどころはいろいろある。

が、ここでそれを追及しても仕方がないと理解した。

そう理解した最も大きな要因は、ホーラスに話す気がなさそうだからだ。

「オーケーということにしておきます……で、あんな大爆発が起こったのに、屋敷の中が騒ぎになってないのはなんでですか？」

補足すると、一定以上の大きさの爆音に関しては、屋敷の敷地から外に出ないように結界が張られている。

そのため、屋敷の外にいる一般人が『音』に驚くことはない。

「慣れてるから。あと、爆発物が効かないし」

「効かない⁉」

「そうだ。魔王討伐の旅の中でかなり多くの耐性を身に付ける必要があるからな。その中に爆発物耐性があるから、デフォで効かない」

魔王軍は侵略した地域から男性をこれでもかと集めて構成されていた。

そして、魔王の力は男性にのみ通用する上に、基本的に外に出てくる兵隊たちは性的には魔王にしか興味がないため、『女性を見つけた場合は処分する』のだ。

そこに遠慮はなく、弓矢や魔法が飛んできたりするのはまだかわいい方で、無色無臭の毒の霧を使ってきたり、爆発物が用いられたりすることもある。

それに対抗するためには、様々な耐性を身に付けておく必要があるのだ。

しかも、『反射的』に使うのではなく、『常時』発動することが求められる。

こうすることで、『小細工を使った誘導』を完全に無視し、敵の攻撃の本命にのみ注力することもできる。

わかりやすく言うならば、全身を鉄の鎧で固めて、敵の小石の攻撃を完全に無視し、ハンマーに集中するといったものだ。

鉄の鎧に小石が影響を与えることはほぼあり得ないが、鎧が頑丈でも中の人間は脆いため、ハンマーには耐えられない。

単純な例えではあるが、理屈としてはそのようなもの。

その結果、爆発物が効かないというヤバい事態になるのだ。

「じゃあ、ホーラスにも効かないの？」

「もちろん。俺を人質にした立てこもり犯が俺に爆弾を持たせても俺は平然としてる」

凄いというより、なんだか人として大切なものが欠落しているような気がしなくもないが……。

「師匠、作業が終わりました」

「お、冷却作業が終わったのか」

階段を上がって廊下に来たのはランジェアだ。

ホーラスが『冷却作業』と言っていたので、おそらく何かのパーツが高熱状態だったため、それを冷やしていたということなのだろう。

とはいえ、ホーラスとランジェアだと技術力に差がありすぎるため、厳密な意味でランジェアがホーラスのゴーレム作成に関われるわけではない。

冷却と言ってもいろいろ条件があるはずで、ランジェアは氷属性が得意なため協力している、ということなのだろう。

「……ランジェア。それ、なんで氷に覆われてるんだ？」

たくさんの細いパイプが絡まりまくったような不思議なパーツである。

ただ、そのパーツは冷やされたというより、凍り付いている。

氷が付着しているとかそういうレベルではない。『氷塊』になっているのだ。

「冷やすのならこれが一番いいかと」

「冷風当ててるだけでよかったのに……冷凍保存じゃないぞ」

「そういうのは私が苦手なので」

「なんか昔より脳筋になってないか？」

ホーラスとランジェアのやり取り。

それを見ているエーデリカとリュシアだが、かなり頬が引きつっている。

「なんかすごく大雑把だけど、それでいいの？」

「修正は利くぞ」

「ということは方法が間違っているのは認めるんですね！」

もちろん、ランジェアが氷属性を得意としているとはいえ、ホーラスが重要なパーツを任せるとは思えない。

そういう意味で『想定内』ではあるのだろうが、どこか納得できない自分がいるのはなぜだろう。とエーデリカとリュシアは思うのだ。

「で、それってこれからどうするの？」

「ここまで冷えて……というか凍ってるとなぁ。もう一度加熱した後、適切な温度まで下げる必要がある」

「二人とも覚えておいてください。これを二度手間と言います」

「「お前が言うな」」

あんまりな言い分にリュシアとエーデリカの口から普段聞かない声色が出たが、ランジェアは気にしていない様子。

「なんだろう。爆発したり凍結したり、ゴーレムって関わってるとこうなるもんなの？」

「私は聞いたことありませんよ！　だってゴーレムは基本的に地属性魔法です。爆発や氷とは無縁のはず！」

「そうよね。そう思うわよね……」

長年、宮廷錬金術師として活動しているエーデリカ。

それ相応に知識は深めているはずだが、なんだかその常識が通用しない。

もちろん、ゴーレムと言えど、一般的なものとホーラスの物は軸が違う。

一般的にゴーレムは地属性魔法を使った人形型。ホーラスは魔道具型だ。

それゆえに今までに体験したことのない意味不明な理屈が飛び出るのはわかる。

わかるのだが、それを扱っている人間が大雑把すぎると、『なんだかなぁ』と思うのだ。

「騒がしいと思ったら、ここに集まってたのね」

「あ、ティアリスさん！」

集まっている廊下にティアリスが上がってきた。

その手にはお菓子が入った袋を持っている。

「ティアリス。さっきの爆発はどう思う？」

「もう慣れたわ」

「慣れるくらい爆発してるの⁉」

「二日に一回くらいはさっきより大きな爆発が発生してる」

「この屋敷っていろんな人から見られてると思うけど、報告は一切なかったわ。どうして……」

「屋敷の中で爆発しているからに決まってるわ」

「いいかしら。よく聞いて？　普通は爆発しないの。わかる？」

「わかる。でも爆発はするの」

「そんなに危険な実験をしてるんですか？」

「私物のテストね」

「私物⁉」

ゴーレム関係ではなくティアリス個人の話なのだろうか。だとしたら……いや、どの方向に話が進んだとしても事情がよく見えてこない。

「ティアリスは爆発物に関しても知識が深いからな。爆薬のレポートはかなり良く出来てて……」

「出来てて？」

「俺もよく爆発させるんだよ」

「結局そうなるんかい！」

「フフッ、私の武器は二丁拳銃なのよ。基本的には魔力を固めて作った弾丸を飛ばすけど、時には実弾も使うのよ。特殊な火薬を使うと、実弾にも付与魔法を乗せることができて便利ってわけ」

「……」

エーデリカは思った。

ホーラスの教育方針はかなり悪いのだと！

いや、理屈はわかる。

そもそも魔王を討伐する勇者コミュニティのメンバーに対し、一般的な尺度で考えても意味がないことは明白だ。

そこは納得する。エーデリカも。

だが、そういう方針が一般的ではないという前提を持たずに教育するということは、非常に疲れるのだ。エーデリカがツッコミ役だから！

「……はぁ。なんだか疲れてきたからこれで失礼するわ」

ため息をつきながらエーデリカが言った。

「そうですね。私もそろそろ仕事があるので帰りますね！　あ、このゴーレムは持って帰りますね！」

リュシアがちっちゃい弾幕鉄人《オーケストリオン》を持ち上げて笑顔になった。

「そうか。いつでも来るんだぞ」

「オーちゃんの具合が悪くなったら持ってきますね！」

「半年くらいでお腹の具合が悪くなると思うからその時に持ってきてくれ」

「どういう構造よ！」

「お腹にメインシステムを入れてるから、不備があると押さえ始めるんだよ」

「……わかったわ。まあ学べることはいろいろあるから。また来るわね！　心の余裕があればだけど！」

「フフッ、いつでも来てください。事前に連絡があれば何か用意して待っていますよ」

「これくらいのお菓子ならいつでも作れるわ。持って帰ってね」

すごく遠い目をするティアリスからお菓子を受け取ったエーデリカだが、その表情の意味を追及することは避けておくことにした。今日は疲れたのだ。これ以上藪を突く必要はない。

というわけで、リュシアとエーデリカは屋敷を出て行った。

……門をくぐると、エーデリカは振り返って屋敷を見上げる。

「ん？　エーデリカ。どうしたんですか？」

「思うのよ。なんていうか、あんな男があんな女を鍛えて、魔王は倒されたんだなぁって」

「ふむふむ」

「……正直、世も末ね」

「あっはっはっはっは♪」

本音をぶちまけたエーデリカの言葉に大笑いするリュシア。

世も末という認識を間違いとする人間は、この場にはいないだろう。

あとがき

初めまして、筆者のレルクスと申します。

まずは、本作を手に取っていただき、誠にありがとうございます。

さて……私は皆さんに言いたいことがあります。それは、塵も積もれば山になるのだと。

でもどうせ積むならコンクリートブロックくらいにした方が楽なのだと！

私が『小説家になろう』に初作品を投稿したのは、二〇一五年の十月です。

そこからいろんな作品を書いたり、スランプがあったり、あれこれ妄想したり、小説というものに対していろいろなことがありましたが、本作を『小説家になろう』にて連載し約二週間後。ＴＯブックス様から声をかけていただき、こうして書籍を出すことになりました。

次に本作について。

繰り返しになりますが、本作を手に取っていただき、本当にありがとうございます！

主人公、ホーラスがもたらす『なんじゃこりゃ感』を感じ取っていただけましたら幸いです。

昨今は機械化、効率化、自動化が進み、人の手が仕事から次々と離れていくことが懸念されています。

そんな中、『一つの都市に必要な業務を全て行う技術者』という、よくよく考えてみれば攻めた設定を持つ主人公。書いていて、私も『ふざけんな！』と思う部分はあります。

しかし、そんな人としておかしいスペックを誇るホーラスも、よくわかっていない権力者の一声で追い出される。王都を出て、自分が為したいことのために歩き始め、借金漬けになった世界でいろいろな事件に巻き込まれ、難癖をつけられる。

明らかにおかしい。しかし、こうしたホーラスの状況こそ、かえって『人間らしい世界』だと、私は思いながら書きました。皮肉が過ぎるぞ！　という意見は受け入れます。

作品を作り上げる中で一番感動したのは、布施龍太様が描いてくださったキャラクターたちです。

いろいろな物語を思い描いてきました。いろいろな作品を書いてきました。しかし、こうして彼らに『出会えた』のは、初めてです。

設定書に『作中最胸』と書いたエーデリカのラフ画を拝見した時、結構盛られていたのを見て『イラストレーターってすげえっ！』となりました。凄く大雑把な注文をした記憶は強く残っています。しかし私の不安などなんのその。予想を貫いて魅力的に描いていただきました！

本作を作り上げていくにあたり、多くの方が多大な熱意をもって取り組んでくださり、感謝しかございません。打ち合わせのたびに、私が運びやすいコンクリートブロックが出てきて、とても助かりました！　本当にありがとうございます！

ホーラスの物語は、これからも続きます。応援、よろしくお願いします！

それでは、第二巻の後書きで、またお会いしましょう。

かかってこいなのです！
嘘か真実か――
驚愕の2巻を刮目せよ！
コミカライズ企画進行中！

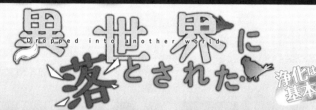

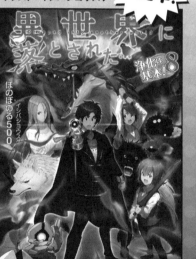

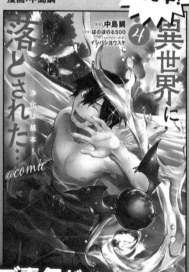

ほのぼのる500シリーズ
最弱テイマーはゴミ拾いの旅を始めました。
The Weakest Tamer Began a Journey to Pick Up Trash.
原作
11巻
イラスト：なま
好評発売中！
コミックス
6巻
漫画：蕗野冬
好評発売中！
ジュニア文庫
7巻
イラスト：Tobi
2024年夏発売予定！
※6巻書影
スピンオフ
2巻
漫画：雨話
好評発売中！
TOKYO MX・ABCテレビ・BS朝日にて
TVアニメ絶賛放送中！
詳しくは公式サイトへ
※放送は都合により変更となる場合があります
©ほのぼのる500・TOブックス／「最弱テイマー」製作委員会

TVアニメ放送開始！
2024年4月から
テレ東・BSテレ東ほかにて
U-NEXT・アニメ放題で最速配信！
他サービスでも順次配信
出来損ないと呼ばれた元英雄は、
実家から追放されたので好き勝手に生きることにした
STAFF
原作：紅月シン『出来損ないと呼ばれた元英雄は、実家から追放されたので好き勝手に生きることにした』（TOブックス刊）
原作イラスト：ちょこ庵　監督：古賀一臣　シリーズ構成：池田臨太郎
脚本：大草芳樹　キャラクターデザイン：細田沙織　音楽：羽岡 佳
アニメーション制作：スタジオディーン×マーヴィージャック
オープニング主題歌：蒼井翔太「EVOLVE」
CAST
アレン：蒼井翔太
リーズ：栗坂南美
アンリエット：鬼頭明里
ノエル：雨宮 天
© 紅月シン・TOブックス／出来そこ製作委員会
TVアニメ公式サイトはコチラ！ dekisoko-anime.com

CORONA EX
コロナEX
TObooks
にて
絶賛配信中！
漫画：戸瀬大輝
スピンオフ
漫画も！
本編
スピンオフ

漫画：秋咲りお
原作：三木なずな
キャラクター原案：かぼちゃ
没落予定の貴族だけど、
暇だったから魔法を極めてみた
@comic
原作小説第8巻
コミックス第8巻
3月15日
同日発売予定!!

TOブックス
コミカライズ
連載最新話が
読める！
パイストリー様!!
月額400円（税込）で
全作品が読み放題！

王都ワンオペゴーレムマスター。まさかの追放!?
～自由の身になったので弟子の美人勇者たちと一緒に
最強ゴーレム作ります。
戻ってこいと言われてももう知らん！～

2024年3月1日　第1刷発行

著　者　レルクス

発行者　本田武市

発行所　TOブックス
〒150-0002
東京都渋谷区渋谷三丁目1番1号　PMO渋谷Ⅱ　11階
TEL 0120-933-772（営業フリーダイヤル）
FAX 050-3156-0508

印刷・製本　中央精版印刷株式会社

ISBN978-4-86794-108-9